光文社文庫

我慢ならない女

桂　望実

光　文　社

目次

第一章

1

岩淵《いわぶち》明子《あきこ》は膝に置いた自分の指先を見下ろした。

昨夜塗ったピンクの爪は、小さな二間のアパートでは浮いていた。

今日は特別な日だから。

明子はそう思い、鏡台で見つけたマニキュアを塗った。それは、半年前に家を出た母親が残していったものだった。

だが、すでに明子はその判断を後悔していた。

目の前にいる叔母の樺山《かばやま》ひろ江《え》に、明子の爪を素敵と思ってくれた気配はなく、むしろ、なにそれと腹の中で小馬鹿にしているかもしれないとの思いが募っていく。

ひろ江とは十年ぶりの対面だった。

そのひろ江は、今、明子が持参した原稿を小さな文机《ふみづくえ》で読んでいる。厳しい表情で。

明子が書いた小説は、自分と同い年の十八歳の少女が、夏休みに経験した出来事を綴ったものだった。明るく柔らかい雰囲気の作品なのに、ひろ江は眉間《みけん》に皺《しわ》を寄せて読んでいるので、そんなに出来が悪いのかと、すでに不安でいっぱいだった。

明子がひろ江と別れた時は、まだ幼く、記憶は鮮明ではない。十歳年の離れたひろ江の顔立ちや声などは、うろ覚えだった。ただ、凛《りん》としている人だったとの印象が胸に刻まれていた。

ここのアパートのドアが開けられ、そこに佇《たたず》む人を見た時、そうだ、こういう凛とした人だったと、記憶の底にあったひろ江の像がくっきりとした。

最初、ひろ江は明子が誰だかわからないようだった。明子が名乗ると、とても驚いた顔をして、長いこと見つめてきた。それから明子の頭に手をのせ「大きくなったね」と言った。

今年の春、文芸誌にひろ江の名前を見つけた時、明子は狂喜した。ひろ江が東京で作家を目指していると母親から聞いたのは、随分前のことだった。東京のどこにいるのかと母親に尋ねたが「さぁ、知らない」と言われ、教えて貰えなかった。同じように作家になる夢をもつ明子にとって、ひろ江の存在は心強く、目標となった。それもあって、自宅近くの書店で、文芸誌の中にひろ江の名を見つけた時には、我がことのように喜んだのだ。ひろ江は昭和五十五年度の出版社主催の公募で一番になっていた。やった。ひろ江ちゃんがとうとうやった。作家になった。明子はその文芸誌を三冊買い、そこに掲載されていた受賞作品を何度も何度も読んだ。興奮はなかなか収まらず、とうとう出版社に電話をするに及んだ。そして姪だと名乗り、このアパートの住所を教えて貰ったのだった。

ひろ江がすっと原稿から顔を上げた。「読んだよ」

「あの……どう思った？」

「感想？」

「うん」

「酷いね。こんなにつまらない小説、久しぶりに読んだ。どうして私に読ませるのか、わからないんだけど、嫌がらせかなんかかい？」

明子は絶句して、ひろ江を見つめた。

ひろ江が眼鏡を外して、原稿用紙の上にトンと置き、ぐるりと首を回した。

そして、右手で自分の左肩を揉むようにしながら「用事は、これを読ませることだけなのかね？」と言った。

明子はしばらくの間、呆然としていたが、なんとか言葉を探してから口にした。「作家になったことを……デビューしたのを、おめでとうと言いたかったのと、私も作家を目指していることを知らせたかったし……それに、ひろ江ちゃんに読んでもらって、もし、できたら、編集者を紹介してもらえたらと思って、それで」

「明子さ、あんた、ずうずうしいんだよ」

ひろ江はうんざりして、再び首をぐるりと回した。

姪っ子が尋ねて来たと思ったら、なんのことはない、自分の原稿を読んでほしいという。元気にしているか気になってとか、顔を見たかったとか、そんな嘘を並べるのが礼儀というもんだろうに。

ひろ江は告げる。「どうして私が編集者を紹介してやらなくちゃ、いけないんだよ。私が作家になるまで、どれだけ苦労したと思ってんだよ。十年だよ。誰の助けも借りず、バイトしながら必死で書いて、書いて、書き続けてさ。応募して、落選して、応募して、落選しての繰り返しを十年だよ。やっとデビューさせて貰えたけどさ、だからって、別になにかを保障されたわけじゃないんだからね。戦いは続くんだよ。次の作品を掲載して貰えるかどうかなんて、わからないんだ。それを、あんたは突然やってきて、私がようやく摑んだコネを、自分にも寄越《よこ》せと言ってる。冗談にしたって出来が悪いね。本気で作家になりたいなら、懸賞小説に応募することだ。運がよけりゃ、作家になれるだろうよ。何年かかるかわからないがね。こんなもん書いているようじゃ、到底叶わない夢だと思うけど、ま、夢を見るのは自由だからね、おやりなさいよと言っておくよ。ただし、私を当てにしないで欲しいね」

明子がショックを受けたような顔をして、俯《うつむ》いた。

ひろ江は文机の横にあったうちわを摑み、扇《あお》ぐ。今年の夏はうだるような暑さが続いている。部屋にある小さな扇風機は、ジジジッと大きな音をさせるばかりで、肝心の風力はいたって弱かった。蚤《のみ》の市で買った古い扇風機には、湿気を含んだ重い空気を掻き回すほどの力はないのだ。足を崩して身体を横に向け、文机に片肘をついた。横目で窓に掛けている簾《すだれ》を睨んだ。簾を掛けていても、その隙間から入ってくる陽は強い。この暑さが続くなら、今年の夏はやっかいなことになる。

ふと気が付き、もう一つうちわを取り出して、明子の前に置く。

明子は電池が切れてしまったかのように、さっきまでと同じ格好で座っていた。自分の爪がたまらなく好きなのか、膝の上のそれをじっと見つめている。

と、明子が左手を動かし畳にのせた。

それは、やがてやって来る振動に身構える動作に見えた。

思わず、ひろ江はにやりとする。

この部屋は、隣接する高架を電車が通過する度、全体が上下に揺れる。明子がそれをすでに把握し、準備をしているようだと思ったら、なんだか可笑《おか》しかった。

ほどなく、それは始まった。

部屋が小さく揺れ出し、あっという間に揺れは大きくなっていく。そうして走行音のピークの後、少しズレて揺れのピークがやってくる。が、それもしばらくの間のこと。揺れは徐々に収まっていく気配を見せ、終《つい》には止まる。一方の走行音は、未練たらしくいつまでも聞こえてくるが、それも幾何《いくばく》かして止《や》んだ。

ほっとしたのか、明子がふうっと息を吐いた。

2

篠つくような雨だった。

明子が高校を出た時にはすでに雨が降り始めていたが、これほどではなかった。時間の経過と共に激しさを増した雨は、今でははっきりとその凶暴さを見せている。

いつものように真っ直ぐ家に戻るつもりだった明子が、家とは反対方向の電車に乗ったのは、どうしてだったのか、自分でもよくわからないでいた。

ひろ江が住むアパートの最寄り駅の改札を抜けると、二十人ばかりの人たちでごった返していた。

ホームの下にあたるそこでは、雨に濡れずに済むせいで、狭い場所に大勢の人たちがひしめき合っている。

明子はその中に加わり、人々の頭の間から空を見上げる。

天井となっているホームの端からは、大きな雫となった雨粒が落ちていて、それはまるで暖簾《のれん》のようだった。

一ヵ月前、明子は自分の小説をひろ江にけなされ、がっかりしてここを歩いた。二度と来ないとその時誓ったというのに、このままだとひろ江のアパートに向かいそうになっていることが、我ながら不思議で仕様がなかった。

この一ヵ月の間、明子の心の傷はじくじくと痛み続けているのだが、同時になにか大切なことをひろ江に言い忘れているような、ざわざわした感覚も引き摺っている。

突然、ピカッと周囲が光り、明子はドキッとする。

しばらくして、ドドンと雷の落ちる音が聞こえてきた。

ここまで来ているのに、まだ迷っている自分が急に嫌になり、動き出そうと決める。

人の波を縫うように進み、傘を広げ、一気に外へ出た。

狭い歩道をゆっくり歩く。

車道を結構なスピードで車が走っていく。

車道に溜まっていた雨の中を車が走り抜ける度に、タイヤの後ろには小さな波ができた。

凄い雨になったと、今更ながらに明子は思った。

その時だった。

あれは——ひろ江ちゃん？

歩道の先に立つ、傘を差している女が、ひろ江に似ていた。

途端に明子の足は重くなる。

あれがひろ江だったら、まずなんと言ったらいいだろうかと考え出す。そして、そういったことを準備しないままに来てしまった自分を呪いたくなった。

三メートルほどの距離になったところで、足を止める。

やはり、ひろ江だった。

街灯の下で、ガードレールに向くように立つひろ江が差しているのは、折り畳みの傘で、その骨は一本折れていた。随分とひしゃげた形になっているので、身体が濡れてしまっているのではないかと思えた。

明子はそろりと足を出し、距離を縮める。

と、すぐに足が止まった。

ひろ江は凄まじい形相をしていた——。

傘の柄を、左の肩と曲げた顔のエラの間に挟み、そうやって空けた左手で小さなノートを持っていた。そのノートになにかを書き付けている。そうしている顔が——大きく口を開けていて、なにかを叫んでいるように見えた。

強い風が吹き、ひろ江の傘が持って行かれそうになる。

だが、ひろ江はそんなことより、書くことの方が何倍も大事だと言わんばかりに、手を動かし続けている。

明子は思わず、一歩後退した。

怖かった。

普通じゃない。

なにかにとり憑《つ》かれているみたい——。

なにを書いているの？　物語？　物語って、そんな風に生まれるの？

そうやって生み出さなければいけないものなの？

明子は更に後ずさる。

怖くて仕様がなかった。

再び強い風が吹いて、ひろ江の髪が後ろへなびき、顔が露《あら》わになった瞬間、明子は心の中で悲鳴を上げた。

そして、くるりと身体を回すと、走り出した。

3

急な階段を、明子は足元に気を付けて上る。

ステップの中央部分はすり減っていて横滑りし、とても危険な階段だった。

二階の三つ目の部屋の呼び鈴を押す。

何度も押すのだが、ひろ江は出てこない。

通路に面した台所の窓から漏れる灯りで、中にいることはわかっていたので、高架を電車が走り過ぎてから、強くドアを叩いた。

すると、やっとドアが開き、ひろ江が姿を現した。

ひろ江は八ヵ月前と同じように驚いた顔をしてから、明子を迎え入れた。

靴を脱ぎながら明子は言った。「今日はね、私の初任給が出た日なの。それで、一緒にすき焼きでも食べようと思って、材料、買ってきた」

「そりゃあ、豪勢だね。そんなにたくさん給料を貰える仕事っていうのは、どんな仕事だい？」

「信用金庫の職員。高校を卒業して、就職したの。でも、全然たくさんなんかじゃない。特に今月は初めてのだし。寮費や、財形や税金なんかを引かれたら、お小遣い程度しか残らないんだから。でも、記念の日だから、特別にしたくて」

「それじゃ、お相伴《しょうばん》にあずかるよ」

ひろ江が「そこらにある物を適当に使ってやってくれ」と言って、文机に向かった。

明子は冷蔵庫を開けて、中身を確認する。

魚肉ソーセージと牛乳だけ。

明子は牛乳パックの日付けが二日前のものとわかり、少しほっとしてから扉を閉めた。

ボウルに米を入れ、研ぎ始める。

わだかまりがなかったわけじゃない。八ヵ月ほど前、明子はひろ江に打ちのめされて、このアパートを出たのだから。

それに——少しの恐怖もあった。七ヵ月前に見た、雨の中で、とり憑かれたようになにかをノートに書きつけていたひろ江の姿は、強烈な印象を残していたから。

だが、今日のオヤツタイムのことだった。外回りの職員が、支店近くの店で豆大福を買ってきて、皆に配ってくれたのだが、まったく同じ行動を取った人がもう一人現れた。結果、同じ店の同じ豆大福が、一人に二個ずつ与えられることになった。二個も食べられないと思った時、ふと、ひろ江が頭に浮かび、そうだ、一個はあげればいいのだと気が付いた時には、気持ちが楽になった。

給料日には皆、いろんな計画を立てていると知ったのは、昨日だった。明日はどうするの？　と同僚に聞かれた明子は、なんの予定もないと答えるのがとても恥ずかしかった。それで、まだ決めていないと言い繕った。

今日になっても予定がないのに変わりはなかったが、更衣室に入るまでは、そのことを、そこまで真剣に受け止めていなかった。だが、更衣室は昨日までとは明らかに違っていた。それは華やいでいるといった様子で、明子の心に焦りが生まれた。

だから、豆大福を見てひろ江が頭に浮かんだ時には、痞《つか》えより安堵の気持ちの方が勝っていた。

米粒が落ちないようボウルの縁に手を添え、白く濁った水を捨てる。

蛇口に伸ばした手を、ふと止める。

振り返ると、真剣な表情のひろ江と目が合った。

ひろ江はすぐに、その目を原稿用紙に戻した。

今、一瞬、いい言葉が浮かんだ気がしたのだが、すぐに消えてしまった。歯がゆくて、拳で自分の頭を叩く。

ひろ江はいつも言葉を探していた。嬉しい、哀しい、苦しい、そういった平凡な言葉ならたくさん知っている。だが、登場人物の繊細な心の動きを表現するには、そうした言葉では事足りない。もっと人間の奥深くを、そっと取り出せるような言葉があるはず。それを見つけたいと二十四時間考えていた。眠っている時、思い付いた言葉を書きとめられるよう、枕元にはペンと紙の用意までしている。それは常に飢餓感を抱えている状態で、ひりひりとするような痛みに、四六時中耐えなくてはいけないということでもあった。

ひろ江は頭を左右に振り、一旦想像の世界を空っぽにする。それから、再び登場人物たちを配置していった。喫茶店では男が待っていて、約束の時間に三十分も遅れて女がやって来る。女の第一声は——。いや、さっきは、先に男に言わせてみようかと考えたのだった。自分の心を男の心に寄り添わせた時、ぴったりな言葉の輪郭が見えた気がして——。

それから……。

ダメだ。

ひろ江はうな垂れた。また言葉を摑み損ねてしまった。

すっかり落胆し、原稿用紙から顔を上げた。

と、台所に立つ明子の背中が目に入る。

一体、どういう料簡《りようけん》で、明子は再びここにやって来たのだろうか。突然この部屋にやって来たのは少し前のことで、書いたという明子の小説を読まされた。素直な感想を言ったら、しょんぼりとした様子で帰って行ったので、もうここには現れないだろうと思っていたのだが。明子の小説は酷い代物《しろもの》だった。恐らく、明子はいい子なのだろう。心根の優しい子。そんないい子は、作家には向かない。文章力や描写力といった技術以前に大事なのは、人間の嫌な部分をどれだけえぐり出せるかということ。性格のいい子の書く小説には、いい人しか登場しない。誰がそんな温《ぬる》いお伽噺《とぎばなし》を読みたがるだろう。その明子がこちらへ身体を向け、テーブルの炊飯器に内釜をセットした。

炊飯器のスイッチを入れた明子は、ちらっとひろ江に目をやった。

ひろ江が文机でペンを動かしている。

突然、明子の頭に幼い頃の記憶が蘇《よみがえ》った。

それは、いつものようにひろ江を探す、幼い自分の姿だった。明子は図書館から本を借りてくると、決まってひろ江を探した。ほかの大人たちが本を読んであげようかと言ってきても、左右に首を振り「ひろ江ちゃんがいい」と答えるのが常だった。明子がやっと探し当てると、ひろ江のスカートの裾を引っ張り、振り向かせた。そんな時のひろ江の顔には、はっきりと、うんざりだといった表情が浮かんでいた。さらに「またなの？」という声にも不満な気持ちが表れていたが、明子はどうしてもひろ江に読んで欲しかった——。

明子は食器棚の前に移動し、中を覗く。色も柄もバラバラの小皿が数枚あるだけで、野菜を並べられそうな皿は一枚もない。

シンク下も探してみたが、使えそうな食器も鉄鍋も見つからなかった。あったのは、直径二十センチほどの鍋が一つ。それは底が真っ黒になっていて、指で擦《こす》ってみると、煤《すす》のようなものが付いてきた。

「ひろ江ちゃん、食器って、この棚にあるので全部？」と、声を掛けた。

ひろ江からはなんの返事もなくて、様子を窺うと、さっきと同じ姿勢で文机に向かっている。

近寄りがたくて少し迷ったものの、文机の横に座った。「あの……ひろ江ちゃん？」

しかしひろ江は、一心不乱といった様子で手を動かしていて、明子の呼びかけには答えない。

今一度「ひろ江ちゃん」と声を掛けた時、ひろ江の耳になにかがあることに気が付いた。耳栓してる――。

その時、高架を走る電車の音が聞こえてきて、明子はすぐさま納得する。電車の走行音を遮断するために耳栓を使っているのだろう。それにしても――物凄い集中力だった。

明子はそっと原稿用紙を覗き込む。

そこには、一見しただけではなんと書いてあるのかわからないほどの癖字が並んでいた。

明子は畳に左手をつき、列車が走り去るのを待つ。

揺れが収まり、走行音が消えたところで、明子はひろ江の注意を自分に向けようと、腕に手を伸ばした。

と、カリカリという音に気が付き、その手を止めた。

それは、ひろ江の持つ万年筆のペン先が、原稿用紙を擦る音だった。ペン先を強く打ち付けるようにしている。

突然、ひろ江の手が止まった。

しかし、すぐに手は動きだし、今書いたばかりの文字を消し始める。文字の上に直線を引く時も、強い力が入っているようだった。次に、空白の升目の中に、ペン先をトン、トンと当て始めた。

なかなか文章が生まれてこないのか、トン、トンがずっと続く。

やがて、ペン先が置かれた場所に生まれた染みが、どんどん大きくなっていく。

息苦しくなってきた明子は、深呼吸をしたい気分だったが、ひろ江から漂う緊迫感がそれをさせてはくれず、自分の口元を押さえるに止《とど》めた。

張り詰めた時間が続く。

突如、ペン先が動いた。

そして物凄いスピードで文字が生み出されていく。しかし、そのスピードでは、ひろ江が望んでいる速度より遅いのか、もっともっと急《せ》かすように書いていた。

なにかが下りてきている――。

そう明子は感じた。同時に、ひろ江の心の叫び声が、この部屋いっぱいに反響していることに気付く。

そのうちに、苦しそうなひろ江を見ているのが辛くなってきた。

あれは、やはり夢じゃなかった――。

七ヵ月前の雨の日に見たひろ江の印象は強烈過ぎて、明子は日が経つにつれて、あれは夢だったのではと疑うこともあった。現実にあったかどうかを確かめる目的もあって、今日ここに来ていたのだったかと思い至る。

不思議なのは、あの雨の日と同じように、全身全霊で書くひろ江の姿が、今日は恐ろしくないことだった。むしろ、そのひたむきさに感動を覚えている。

明子はひろ江の邪魔をしないようそっと立ち上がり、台所に戻った。

4

白谷真由子《しろやまゆこ》と井原浩《いはらひろし》の楽しげな笑い声を聞いた途端、明子は二人だけでデートすればよかったじゃないのと、嫌味を言いたくなった。

明子は丘に敷いたビニールシートに座っている。左隣には須関敦《すぜきあつし》がいて、向かいには真由子と井原が並び、皆で昼食のサンドイッチを食べていた。

寮で隣室の真由子から、明子が合同ハイキングに誘われたのは先週だった。本店勤務の先輩二人と私たちの四人で、自然の中を散策し、お弁当を食べたら、きっと楽しいよと真由子は言った。明子は渋ったのだが、行こうよ、絶対楽しいからとの執拗な誘いに根負けして参加を決めた。

今朝は早起きをして、寮の厨房を借りて明子と真由子の二人で、四人分のサンドイッチとおかずをいくつか作った。待ち合わせの駅に到着すると、明子は初対面の二人と挨拶を交わした。二人のうちの一人、井原がシャツのボタンを三つも開けているのに、明子は少しどぎまぎし、その胸元に目を向けないようにするのに努力がいった。一方の須関は頭の鉢が大きくて、そのせいか頭が良さそうに見えたし、シャツのボタンを一番上まで留めていただけで好感を覚えた。林道を歩き、川沿いを進む中、真由子はずっと井原と並んで先を行き、随分と楽しそうだった。はしゃぐ二人の後を、明子と須関は静かに続いた。そして足が痛み、もう歩けないと言い出そうかと明子が思っていた頃、ようやく昼食になったのだった。

明子は真由子への嫌味は胸に収め、疲れも不満も精一杯隠してサンドイッチを頬張った。

やがて昼食が終わると、井原がこの近くに滝があると言い出した。すぐに真由子が「見たい、見たい」と騒ぎだした。そして真由子は「行かない？」と白々しくも明子に声を掛けてきた。だが、そこには来ないでねというメッセージが含まれているのを承知していた明子は、断ってあげる。

結局、真由子と井原の二人だけで滝に向かうことになり、並んで歩き出した。その姿は、小道沿いの木々によってすぐに見えなくなったが、二人の楽しそうな話し声はいつまでも聞こえてきた。

早く二人の声が聞こえなくなりますようにと祈っていると、突然須関に話し掛けられた。

「疲れましたか？」

「はい。少し」明子は正直に答える。

「普段、こんなに歩くこと、ないですか？」

「そうですね。こんなには歩きません」

やっと始まった会話はすぐに終わり、再び窮屈な空気に覆われてしまう。

真由子と井原の声が、もう聞こえないことに気が付き、明子は改めてその静けさに戸惑った。

ビニールシートの端から顔を出している草に気付いた明子は、それに手を伸ばした。五センチほどの丈の先端は尖っている。その葉先の先端が掌に与える小さな刺激を感じながら、早く帰りたいと願った。

「休日はどんな風に過ごすんですか？」

明子ははっとして、須関へ顔を向けた。面白くないのは自分だけじゃない。須関も同じ思いだろうに――今になって思い至る自分が恥ずかしかった。

「き、休日は――」話し出した明子は、かんでしまった自分を叱り付けたくなる。「叔母のアパートに行きます」

ゆっくり呼吸をするよう努めながら、明子は続けた。「叔母は作家なんです。小説家です。執筆以外のことにはあまり興味がないようで、洗濯なんか、すごく溜めてしまうんです。それで、洗濯とか掃除をしに行きます。食事も、するのを忘れてしまうぐらいの人なので、料理を作り置きして、思い出した時、食べてもらえるよう冷蔵庫に入れておきます。原稿の清書もします」

明子はゆっくり一つ息を吐いた。かんだのは最初だけで、後は詰まらずに喋れたことにほっとする。明子は緊張したり、焦ったりすると、かんでしまう癖があった。そのせいで、小学校や中学校では随分物真似をされてからかわれたが、高校生になってからはコツを覚えたせいで、かむ回数を減らせるようになった。そうはいっても、たまに出てしまうことはあって、そんな時には舌打ちをしたい気持ちになる。会得したコツは、喋る内容を一度頭の中で文章にしてから、それを読み上げるようにするというものだった。

須関が言う。「それじゃ、自分の休日を、叔母さんにあげてしまっているようなもんですね」

俯いて、しっかり文章を考えてから顔を上げた。「それは、ちょっと違います。叔母のことを色々しているのが、楽しいんです。おわかりにならないかもしれませんが、清書をしていると、物語が生まれた瞬間に立ち会えた気がして、それは、とても興奮します」

「興奮ですか」

「はい。叔母は苦しんで、苦しんで、物語を生み出します。でも、出来上がった原稿を読むと、とても楽しい、幸せに満ちたお話だったりします。それは、ちょっと凄いことだと思います。でも、叔母が住んでいるのは古いアパートで、近くにある高架を電車が通ると揺れるんです。でも、叔母の書くお話は、そういった世界とはまったく違って、大きなお屋敷に、三世帯で住んでいる家族の話だったりするんです。読むと、ちゃんとその世界が見えるようなんですよ。私は充分素晴らしい小説だと思っていても、翌週になると、前の週に清書した原稿が、すっかり書き直されていたりします。そうやって、何度も何度も書き直して、物語を磨き上げていくんです。叔母は、私が側にいるのを、特に嬉しそうな顔もしないので、邪魔をしているのではないかと心配になることもあったんですけれど、私の字を、特別上手じゃないが読み易いと言ってくれたので、それでほっとして、毎週末行くようになりました」

「そうですか。明子さんは書かないんですか？」

「私ですか？」

「ええ」須関が言った。

「私は……」

明子も小説家になりたかった――。

ひろ江には酷評された小説だったが、それで諦めることはできず、出版社主催の公募に応募していた。だが、一次選考さえ通らなかった。無理に決まっていると思う一方で、もしかしたらという期待が心の隅にはあったせいで、この結果はショックだった。だからといって、次の作品を書く気にもなっていない――。残業はほとんどなく、週末もひろ江に頼まれて通っているのでもないのだから、書く時間を作ろうと思えば、いくらでも作れるのだが。

明子は首を左右に振って答え、須関から目を離した。

再び草の先端に触れた。土のむっとするにおいと、青い草のにおいが胸にするりと入ってきて、なぜか少しだけ哀しくなる。

「僕の休日は、チェロの練習ばかりです。チェロって、わかりますか?」と須関は尋ねた。

明子が小首を傾《かし》げてから「バイオリンの大きいのですか?」と言ったので、須関は頷《うなず》いた。「そうです、それです」

可愛いことを言う人だと、須関は微笑《ほほえ》む。

君好みの女性がいるらしいから、会ってみないかと井原に言われた時は、本気にしていなかった。大方別の計画でもあって、それには、須関のような人物が必要だという裏事情のせいで誘ってきているのだろうと推測していた。だが、待ち合わせの駅にやって来たのは、まさに自分好みの女だった。井原が耳元で「な?」と言ってきたので、須関は頷いた。おしとやかで清楚な印象を与える明子は、須関の理想形に近かった。女は美人じゃなくていい。物静かで、慎み深いのがいい。真由子なんてのはもってのほかだ。ぎゃあぎゃあと煩《うるさ》いばかりで、耳が痛くなる。小説家の叔母がいると聞いた時には、明子も書いているのではないかと疑ったが、どうやら手伝いをしているだけのようなので、ほっとした。小説家なんていうのは、我の強い変わり者がなるに違いなく、明子はそんな女であって欲しくなかった。

須関は語り出す。「チェロはバイオリン一族の中で、音域が最も広い楽器なんです。音《ね》色《いろ》は男性的で、深さと艶があるのが特徴と言われています。ベートーベンは——非常に有名な作曲家ですから、明子さんもご存知ではないでしょうか。彼はチェロの素晴らしさを理解していた作曲家の一人です。弦楽四重奏曲や管弦楽の中で、チェロを巧みに使い、その表現力の豊かさを世の中に認めさせました。そうだ。これもお話ししておかなくては。バイオリンでは不可能な音型や高いポジションも可能なのが、チェロという楽器なんです」

そうだ。シューベルトの話もしないと。須関の心は弾んだ。


三人と駅で別れた明子は、一人私鉄に乗り換えた。

早起きも足の痛みも辛かったが、一番の辛さは、まったく楽しくなかった点だった。四人でいても、気持ちと言葉がすれ違うばかりで、一人でいる時より一人を感じてしまった。

二つ目の駅で降りて、高架沿いを歩く。

ひろ江のアパートに辿り着くと、いつもより重い足を持ち上げるようにして階段を上った。二階の通路に置かれている洗濯機の蓋を開け、洗濯槽をチェックする。濡れた跡があったので、最近使ったとわかり、明子は少し満足する。

バッグから合鍵を取り出し、ドアを開けた。

「ただいま」と声を掛けながら中に入る。

ひろ江は文机に向かっていて、その左手には魚肉ソーセージがあった。いつものように耳栓をしているのだろう。冷蔵庫の中身を確認してから、食器棚の引き出しを開けた。缶を取り出し、中の金を数える。一万三千円ほど。壁のカレンダーに目を送り、ひろ江のバイトの給料日である二十五日まで、あと八日もあるという事実に言葉を失くす。

ひろ江はこのアパートから歩いて三分ほどのところにある中華料理店で、皿洗いのバイトをしていた。そこで賄《まかな》いが出るそうなので、一食分は浮かせられるが、あとの二食は自分でなんとかしなくてはならない。金がない時、ひろ江は食べずに過ごしてきたという。

ひろ江が必死で書いた原稿のほとんどは、編集者によってボツにされていて、文芸誌になかなか掲載して貰えないと知った時、明子はショックだった。原稿代をあてにできない今、生活を楽にするには、バイト時間を増やすしかないのだが、それでは書く時間が減ってしまう。それをしたくないひろ江は、食費を切り詰めて凌《しの》いできたそうだ。

明子はいくらか出すと申し出たが、そんなことをしたら二度と口を利かないし、ここへも出入り禁止にするからねと、ひろ江は宣言した。なおも心配する明子に、ひろ江は言った。十八歳で東京に出てきてから十一年間、ずっとこんなだから慣れているよと。

そんなひろ江が不憫《ふびん》だった。

そのひろ江は――一心不乱に書いていた。あの表情はまるで……命懸け。力の入った瞳。なにかを堪《こら》えるように歪んだ口。書いている時のひろ江は、なにかと戦っているようにも見えて、いつものように圧倒される。思わず、その場に座り込んだ。

痛いんじゃないの？　そんなに命を絞るようにして書いていたら。ひろ江ちゃんの身体から血が流れているのが見えるようだもの。それが、書くということなの？

やがて視界がぼやけてきて、明子は自分が泣いていたと気付く。

また泣いてしまった……。

近頃の明子は、こんな風にひろ江が命懸けで書くのを見ているうちに、泣いてしまうことがあった。その姿は感動的で、神聖なものにさえ思えた。

指でそっと涙を拭い、その手を自分の胸にあてる。心が落ち着くのを待ってから、立ち上がった。

その時、鴨居に下がる白いブラウスに気が付いた。皺だらけのそれは、普通ならこれからアイロンをかけるものと思うところだが、ひろ江のことだから、これが完成品かもしれなかった。それの右の袖口に輪ゴムを発見し、明子は手を伸ばす。

袖のボタンが取れかかっていた——。もしかして……それで、輪ゴム？　まさか、これで、外に出るつもりだったんじゃ？　あぁ……やりかねない。

明子はブラウスを下ろし、リュックから裁縫道具を取り出した。小さなダイニングテーブルにブラウスを広げ、ボタンを付け始める。

と、突然、ひろ江の唸り声が聞こえてきて、明子は顔を上げた。

ひろ江が口元を手で押さえているのを見て、急いで近づいた。

「どうしたの？　大丈夫？　吐きたいの？」と口早に尋ねる明子に、ひろ江からの答えはない。

ゆっくりとひろ江が手を口から離すと、そこには小さなものがあった。

そこで明子は言った。「ひろ江ちゃん、口、開けて」

しかし、ひろ江は手の中のそれを見つめているだけ。

そっかと、明子はやっと気づき、ひろ江の耳栓を外し、もう一度口を開けてと声を掛けた。

明子はひろ江の口の中を覗き、告げた。「左の奥歯が欠けてる。それ、奥歯の欠片《かけら》ね。ぐっと嚙み締めて書く？」

首を捻《ひね》る。「そうかもしれないね。自分じゃわからなかったけど」

「痛い？」

「痛くはないね。突然、口の中でぎりっと音がしたから、びっくりしたけど」

「今日は日曜だし、もうこんな時間だからダメだけれど、明日、病院に行ってね。その顔は、行く気がないって顔ね。行ってよ。嚙み合わせって、大事なのよ。ちょっとでも狂うと、口の中全体のバランスが崩れて、大変なことになるって聞いたことあるもの。野球選手って、歯がボロボロなんだって。投げる瞬間とか、打つ瞬間に、ぐっと嚙み締めるせいらしい。聞いてる？　行ってよ、明日」

するとひろ江が「そうだね、行かなきゃね、そうしよう」と、行く気などさらさらないくせに、適当な返事をしてくる。

まったく。

沁《し》みるかどうかを探るため、水の入ったコップをひろ江に渡し、飲むように促すと、恐々《こわごわ》といった様子で口を付けた。

ひと口飲み終えたひろ江が「大丈夫だ。沁みないよ」と嬉しそうに報告してきたので、これでますます病院へ行かせることが至難の業《わざ》になったと、明子は悟る。

困った人だと思っているのだが、それがちっとも嫌ではないことに、明子は自分でも驚いている。明子が落ち着けるのは、こっちだった。川沿いの道や、林道や丘の上ではなく、この二間のアパート。

明子はひろ江から戻されたコップを小卓に置き、尋ねた。「執筆の調子はどうなの？」

ふんと鼻をならしてから「芳《かんば》しくないね」とひろ江は答える。

ここ最近のひろ江は、襲ってくる敗北感を追い払うことができずにいた。物語を必死で考えている時、ふと、気持ちが切れる瞬間がある。そうして生まれた隙間に、敗北感がするりと忍び込んでくるのだ。

今日もそうだった。主人公がスーパーに行き、久しぶりにやってくる女友達のために、買い物をするシーンを書いていた。友人のためにどんな料理を作るか迷い、悩みながら、スーパーの中を彷徨《さまよ》う場面だ。さて、なにを買うことにしようかと考え始めた時、突然、疲労感に襲われた。どんなメニューにしたって、またボツになる。だから、そんなに真剣に悩む必要はないのだとの思いが生まれ、やる気がみるみる小さくなった。そして残ったのは、ぐったりした気分だけだった。

出版社主催の公募で、やっと一番になった時——あの時は、これで人生が開けたと思った。それに、誰かに、これから先も書いていいと許されたような気がして嬉しかった。だが、今になると、そんなものは幻想だったとわかる。たった一度勝っただけだったのだ。あれは、ただのまぐれ当たりだったのかもしれない。その前にも、後にもたくさんの小説を書いているが、これはというものは書けていなかった。もう無理なのではないか。負けを認めるべきではないのかと、弱気の虫が騒ぎだすのだった。

ひろ江が文机に頬杖をつくと、明子は言った。

「今売れてるのは、確か、女流作家と二人の男の三角関係の小説よね。それ、本当の話みたいなこと、どこかの書評に書いてあったけれど、ああいう私生活を暴露するような物語は、人の秘密を覗き見するような感覚で、うけているのかもしれないわね。ひろ江ちゃんは私小説風のって、書かないけれど、執筆の調子が芳しくないのなら、そういうのに挑戦してみるのはどうなの？」

「そういうのを、私は認めないね。自分が経験したことや、自分の身の回りのことを小説にするのは、自分好きのヤツだけだ。行ったことのない場所や、この世に存在しない場所を、読者の頭に浮かべさせるのが作家なんだ。未体験のことや、自分とは感性の違う人間を描くのが、作家の仕事だ。派手な自分の私生活を披露するだけなら、それは、本物の作家じゃないんだよ」

「……そうなの」

ひろ江の言葉に、明子はつくづく思う。本物の作家でいることは大変だと。

奥歯を砕いてしまうほど必死で書いても、ひろ江の原稿はボツになってばっかりで、生活は貧しかった。それでも書き続けているひろ江の情熱は凄い。私には……できない。

作家になりたいと願い、その想いはとても強く、誰にも負けない気でいたが、一次選考を通れなかっただけで、やる気は萎《な》えてしまった。それでも、微かに胸に燻《くす》ぶるものの存在を感じていたはずだったが、今、その火が完全に消えていると気が付いた。

それが、それほど哀しくないことが、少しショックだった。

＊＊＊

「ちょっと触ってみてよ」

芳子《よしこ》は腕を豊己《とよみ》へ突き出した。

だが、すぐにその腕を引っ込め「そっとよ」と念を押してから、再び豊己へ突き出した。


豊己が、芳子が羽織っている毛皮のコートの袖を、言われた通りそっと触り、小さく肩を竦《すく》めてから手を離した。

芳子は自慢する。「ミンクよ。本物は肌触りが違うでしょ。滑らかで、柔らかいのよ。誕生日のプレゼントじゃないのよ、これ。あたしと付き合うなら、これぐらいのプレゼントをするべきよって、言ってやったのよ。そうしたらね、これ、買ってくれたの」

「それで、喫茶店の中なのにずっと着てるんだ」

「なによ、それ。文句ある？　着たい時に着るのよ、あたしは」

芳子は襟元をかき合わせてから首を少し曲げ、科《しな》を作った。

豊己が小さく笑ってから、タバコに火を点《つ》ける。

芳子はテーブルの豊己のタバコを指差し「一本頂戴」と言った。

芳子が一本銜《くわ》えると、豊己がライターの火を点け、その炎を守るように自身の左手を添える。そうやって守った炎を、芳子にゆっくり近づけてきた。

芳子は豊己の手に自分の手を重ね、唇をぐっと突き出すようにして、タバコに火を点けた。

上半身を背もたれに戻した芳子は、煙を吐き出し、じっとりと豊己を見つめる。「ここで会ってること、誰にも言ってないでしょうね？」

「言うわけないだろ」

「だったらいいけど。あんたとあたしが二人っきりで会ってると知ったら、あの人、どうするかしらね？」

「焼き餅を焼かせたいのかい？」

「どうかしら。焼かせたい気もするけど……焼くかしら、あの人。ね、あんた、どう思う？」

「さあね」

「なによ、そんなつまらなそうな顔しちゃって」芳子は文句を言う。「あんたって、いつもそんな風よね。なに考えてるか、わからないしさ。それに、あんたはどうなのよ。あたしに焼き餅、焼かないの？」

自分が吐き出したタバコの煙を目で追いながら答える。「そういう間柄じゃないだろ、俺らはさ。あなたは気が向いた時にだけ、俺を呼び出す。それで、あなたの機嫌が悪くならなきゃ、どこかにしけ込む。それだけじゃないか」

「なによ、その言い方。あたしに呼び出してもらえる幸せってものを、あんたは理解していないようね。あたしは綺麗なのよ。若いしね。そのあたしとこうやって二人っきりで会えてるってだけで、感謝しなくちゃいけないわよ。そうよ、そうなのよ。あの人だってそうよ。このミンクぐらいじゃ、全然足りないわよ。来月のあたしの誕生日にはね、あの人の奥さんより、大きなカラットのダイヤのリングをねだろうと思ってんの。それぐらい当然でしょ？」

豊己からの返事はなかった。

カランコロンと鈴が鳴り、芳子は店の入口へ目をくれる。すると、中年の女がきょろきょろと店内を窺っていた。

女はすぐに店の奥へと歩き出した。女の行く先には、同じ年格好の中年女が待ち構えていた。

どちらもどっこいどっこいの醜さだと、芳子は思う。

女は美しくなければ、生きている価値がない。その点、自分には美しさと若さがあるので生きている価値があり、幸せになる権利がある。そして、望むものはすべて手に入るはずだと考えていた。

だが、男は古女房と別れるつもりはないらしく、それが芳子にはまったく理解できなかった。どこからどう見ても、古女房と自分では、女としての価値に大きな開きがあるのだから。

「ねぇ」芳子は話し掛けた。「あそこの隅にいる、中年女、二人いるでしょ？　わかった？　あの二人のどっちかとしなくちゃいけないとしたら、どっちを選ぶ？」

「ええ？　さあね。どっちでもいいよ」

「なによ、それ。どっちかとしなくちゃ、殺されちゃうのよ。だから嫌でも、吐き気を堪えてしなくちゃいけない中で、選ぶって話よ。究極の選択なんだから、もっと真剣に選びなさいよ」

声を立てずに笑ってから口を開いた。「どっちでも構わないよ、俺は。吐き気はおきないと思うね」

目を見開いた。「あんた、あんなのとやってても平気だっていうの？　頭、おかしいんじゃない？　あたしが男だったら、死を選ぶわね」

芳子らしいと、豊己はにやりとする。

自分を最高だと信じているのが、芳子という女だった。そして自分以外のすべての女を馬鹿にしている。自分勝手で、周りの人の気持ちになど一切興味をもたず、我が道を走る。そんなだから、トラブルばかり引き起こしていた。そうではあっても、それが芳子の魅力だと豊己は感じていた。

豊己は窓外の景色に目を移し、歩行者の中に知った顔がいないかと探る。

知った顔があったところで、どうだというのだろう。と、すぐさま豊己は自分を笑ってしまう。

芳子と会っていたことが、彼女の男に伝われば、そいつに雇われている身の自分は、即刻クビになるだろう。だが、今の職場を気に入っているのでもないのだから、そうなったらそうなったで、別の働き先を探すまでのこと。芳子も無事では済まず、男に捨てられるかもしれない。が、それも身から出た錆。気の毒とは思うだろうが、それ以上の気持ちにはならないだろう。

豊己は二本目のタバコに火を点けた。

突然、芳子が「ケーキでも食べようかしら」と言い出した。

そして、つっと立ち上がると、毛皮のコートを着たままショーケースへ歩き出す。

店内の客たちの視線を意識した様子の芳子がゆっくりと歩く。ショーケースの前で止まると、腰を屈《かが》めて中を覗いた。


芳子は席に戻ると「モンブランを食べることにしたわ」と豊己に告げた。

芳子はウエイトレスを呼びつけ、その若い女をじろじろと眺め回してから注文をした。

若いだけね。芳子はウエイトレスの後ろ姿に向かって、心の中で呟く。

男によっては、ああいう地味な女を選び、自分好みにしていくのを喜びとするのがいる。最初の男がそうだった。珍しく、芳子は昔の男を思い出す。

芳子はここより随分北の街で、親戚の家にやっかいになっていた。十歳で両親を亡くした芳子を引き取ってくれた親戚夫婦には、三人の息子がいた。三男が芳子と同い年だった。十歳にして、自分が置かれている状況はよく理解していたので、引き取られた当初、芳子はおとなしくしていた。やがて、芳子は気付いた。伯父を含めた男たちが皆、自分を好きだということを。そのうち、今日は次男に優しくし、翌日は長男にと、その日の気分で親密さを変えて、男たちを手玉に取るようになった。そうやって嫉妬心を煽《あお》って競わせるのが、芳子の遊びの一つになった。そのせいで、伯母からは徹底的に苛《いじ》められた。女は敵と芳子の心に刻み込んだのは、この伯母だった。

十四歳になった時、この伯母が、いい話が舞い込んできたと言ってきた。近くの家の、住み込み家政婦に空きが出たという。伯母が、芳子を追い出したくて見つけてきた話だろうとすぐに察したが、たいして気にもしなかった。伯父と息子たちが反対してくれるだろうと、芳子は考えていたからだ。だが、違った。男たちは、伯母の方針に一切反対しなかった。芳子は愕然とした。男たちを手玉に取り、コントロールしていたつもりだったが、自分の運命を握っていたのは伯母だったと、この時になって気付いたのだ。悔しくて、悔しくて、その晩は眠れなかった。

伯母に連れられて行った家には、やもめ暮らしの男と、二人の家政婦がいた。会った瞬間、男が自分を気に入ったと芳子にはわかった。また同じように、伯母もわかっていることが、芳子にはなんとも腹立たしかったのだが。今度は勝ってみせる。芳子は誓い、その家で家政婦見習いとして暮らし始めた。男が芳子を自分好みにしていくのを楽しみだしたことがわかると、言われるがままになった。一方で、邪魔な二人の家政婦をクビにするよう男に耳打ちし、それに成功した。芳子の眼鏡にかなった女を二人、新たに家政婦として男に雇わせた。敵にはならないであろうタイプの女を、慎重に芳子は選んだのだ。

しばらくの間は男が望む通りにしてやっていた芳子だったが、その窮屈な生活に嫌気が差してくると、気ままに振る舞うようになっていった。すでに芳子に溺れていた男は、好みとは違う女となってしまっていても、もはや構わなかった。

欲しいものはなんでも手に入る暮らしになったが、やがて、芳子はその程度では満足できなくなった。自分にはもっと価値がある。こんなところで年を重ねていくのはもったいない。その思いはどんどん強くなり、男の家を出たのが十八の時だった。

それから男を転々としながら、この街に辿り着いた。

やっとモンブランを持ってきたウエイトレスに「持って来るのが遅いわよ」と、芳子は小言を吐いてから、すぐにフォークでひとすくいした。

舌の上でクリームを溶かしながら、芳子は計画を練る。ダイヤモンドを手に入れたらその次は、あの古女房を追い出さなくては。

邪魔な女ははやく掃除しておかないと、とんでもないところでしっぺ返しを食らう。

面倒なことをしでかすのは、いつも女なのだから。

その時、カランコロンとまた鈴が鳴った。

＊＊＊

5

「ちゃんと読んできたのか？」ひろ江は結城孝仁《ゆうきたかひと》を睨みつけた。

ひろ江は眼鏡を外し、そのつるでゲラを叩く。「女か男かわからないと、あんたの字で指摘してあるが、その文字の二センチ右に、スカートと書いてあるじゃないか。男にスカートをはかせるような小説じゃないんだから、服装の描写でスカートとあったら、女だとわかるだろうが。読み飛ばしておいて、平気な顔でアカを入れてくるようなヤツは、編集者として失格だ」

結城がはっとした顔をした時、電車の走行音が聞こえてきた。

まったく。どうしてこうも、ろくでもない編集者ばかり、この世にいるのだろう。ひろ江は怒りで全身が震えていた。

精魂込めて書いた小説を、これほどのバカがジャッジするのかと思うと、腸《はらわた》が煮えくり返る。

部屋全体が揺れ出し、ピリピリと音がし始めた。

二間を仕切る戸を閉めていると、その上部に嵌《は》め込まれたガラスが震える音が加わり、いつも以上に派手になる。明子が来ている時に来客があると、普段は開けっ放しにしている戸を閉めるせいだ。

揺れと轟音の中、小卓のプリンに目をやった。それは、結城が手土産として持ってきたものだった。そうやって、結城がいつも手土産を持って来るのを、明子は喜んでいるようだが、ひろ江はくだらないと思っていた。作家の元に手土産を持っていくのが、編集者の仕事と勘違いしているのではないか。作品について話し合い、良くするための意見交換をすることこそが、編集者の仕事だろうに。

走行音が小さくなっていくなか、結城が口を開いた。「すみません。この指摘は、僕のミスでした。うっかりしました」

「うっかりした？　うっかりするな。こっちは命懸けで書いているんだ。それにアカを入れるのならば、そっちも命懸けで入れてこい」

「申し訳ありませんでした。あの、そうしたら、次なんですけど、ここに鉛筆で書いておいたんですが、土居《どい》についてなんですが、なんていうか、もう少し肉付けが欲しいという印象を受けたんですね。どういう生い立ちかとか。結構苦労してるんですよね、彼は。そういった苦労話なんかが、もう少し欲しいと思ったんですよね。たとえば、土居本人に昔のことを語らせるとか、そういう手もあるんじゃないかと」

「あんたが間抜けだからって、読者が、あんたほど間抜けとは限らないだろうが。生い立ちなら、二節に書いてあるじゃないか。スカートという単語だけじゃなく、まるまる一節を読み飛ばしたのか？　それに、土居は苦労だと思ってないんだよ。そういう性格なんだ。苦労だと思っていない土居が、苦労話を語ったら、人格がブレてしまうじゃないか。神の視点か、ほかの登場人物の視点なら、土居の苦労話を披露できるが、土居視点になっているんだから、おかしくなるだろうが。ほかの登場人物に語らせるしかないんだよ。それでも充分、読者にはわかるさ。間抜けじゃなきゃね。自分の理解能力を基準に考えるんじゃなく、読者の理解力のレベルに合わせてから、意見を言ってくれ」

しばらく考え込むような様子を見せてから、話し出した。「樺山さんが一生懸命書いたのは、わかっています。それは、よく。でも、ほかの人の意見というのも取り入れながら、さらにいい作品にしていくのも、一人前の作家になるには大事なことですよ」

「なるほどと、こっちが納得するようなまともな意見だったら、検討するよ。だが、そうじゃないんだよ、あんたのは。読み込みは浅いし、感性が鋭いわけでもない。だからって、読者の視点に立ててるわけでもないし、豊富な読書量があるわけでもないんだ、あんたってのは。さらっと読んで、ふわっと感じたことを、意見としてちらっと言ってみましたといった程度のあんたの指摘なんかで、魂を削るようにして書いた原稿を直せるか。なにか口を出さないと、仕事をした気にならないからだろう。そもそも、あんたは、編集者としての能力がないことを、ちゃんと自覚しているのか？　この前の作品の時もそうだったじゃないか。あんたは、主人公が、男と別れを決意するラストシーンを、変えた方がいいと言ったんだ。決意するだけでなく、直接男に、そう告げさせた方がいいとね。それ、作品をよくする意見じゃなくて、ただのあんたの好みだろ。読者はさ、あんたと違って、読み込んでくれるからね、余韻ってものを楽しめるんだよ。その余韻があるから、自分だったらどうするかと思いを巡らせることができるんだ。登場人物を自分に引き付けるんだよ。そんな間抜けな意見を、私は採用しなかった。結果、どうなった？　読者からの手紙でも、書評でも、あのラストシーンが評価されていたじゃないか。あんたの言いなりになって直していたら、どうなってた？　私が間抜けな作家の烙印《らくいん》を押されてたところだ。人の意見を取り入れるのが、一人前の作家になるには大事だ？　あんたの意見を取り入れていたら、一人前の作家になれないよ。あんたが、私が一人前の作家になるのを邪魔しているんだ」

唇を嚙んでじっと俯いていた結城だったが、おもむろに「わかりました」と口にし、突如立ち上がった。

「今日はこれで失礼します」と小さく頭を下げると、戸口へ向かう。

部屋を出た結城は、その勢いのまま玄関へ進んだ。外へ出ると、階段を駆け下りる。走り出したいような気分だったが、そうはせず、早足でとにかく駅を目指す。

すると「あの、あの、結城さん」と声が掛かった。

振り返ると、明子が追いかけてきていた。

結城の近くまで来ると、荒い息のままで頭を下げてきた。「も、申し訳ありません。叔母が随分と失礼なことを言って」

結城がなにもコメントせずにいると、明子が続けた。

「あ、あの、叔母は、私が言うのもなんですが、全身全霊で書いています。寝食を忘れて、本当にすべてをかけて。それで、原稿のことになると、なんていうか、真剣勝負というか——私、叔母の原稿を清書するんですが、間違えてしまうこと、あるんです。『に』を『を』にとか、読点の位置とか。凄く怒られます。そこにある一文字、一読点は、どれだけ迷い、悩み、それに決めたかわかってるのかって。苦しんで、苦しんで、生み出しているんです。ひたむきに執筆しているせいで、その……結城さんにあんな言い方をしてしまうといいますか――真面目に向き合っているんです。そのこと、どうか、わかってやってください」明子が再び深く頭を下げる。

参ったな。結城は自分の髪をかき上げた。

こんな風に明子に謝られてしまったら、なんだかこっちが悪者みたいじゃないか。

ふと結城は、入社した時、先輩編集者に言われたことを思い出す。作家の言葉を真に受けるな。そう先輩は言った。敵は言葉のプロだ。お前を傷つける言葉なら、百は用意できるやつらだ。だから、作家が投げつけてくる言葉を全身で受けてしまえば、心が持たない。テキトーに聞き流せ。ただし、お前が作家に向ける言葉には細心の注意をしろ。作家は不安でしょうがないんだ。自信たっぷりに見えても、本当は不安で震えている。だから、編集者の言葉の一言一句聞き漏らさない。その言葉から、自分の作品の善《よ》し悪《あ》しを判断しようとしているからだ。安易に褒めるな、貶《けな》すな。これが一番肝心だというので、それじゃ、どうしたらいいんですかと尋ねた結城に、因果な商売なんだよ、編集者というのはさ、と大して辛そうでもなくその先輩は語った。

それから五年が経ったが、結城は未だに編集者のあるべき姿がわかっていなかった。どう作家と接すればいいのか、なにを言うべきかも。いずれにしろ、先輩のアドバイスはひろ江には当てはまらない。テキトーに聞き流すことなどできないほど、ひろ江の言葉は辛《しん》辣《らつ》だし、不安で震えているようにも思えない。

「頭を上げてください」結城は声を掛ける。「明子ちゃんにそんな風に謝られちゃったら、こっちは困っちゃうじゃないですか。作家なんて生き物は、程度の差はあれ、あんなもんですよ。だから、慣れてます」

「そう、なんですか?」

「ええ。それに、編集者から指摘されて、はいはいと素直に直すような作家も、いることはいますけど、そんな作家の方がおかしいんですよ。自分の作品に誇りをもっていれば、そう簡単に直せませんよ」

「そう言っていただけると――ちょっとほっとしました。結城さん、怒って、もう叔母に執筆依頼をしてくれないんじゃないかって、心配になってしまって」

「僕はね、これでも、樺山ひろ江のファンなんですよ。樺山さんはそうは思ってないでしょうが。樺山さんは才能はあります。でも、才能があっても、売れない作家っていうのもたくさんいるんですよ。僕は出版社に入社してまだ五年目なので、それほど多くの作家を知っているわけじゃありませんし、作家の成長過程を長く見つめてきたってわけでもないんですが、まぁ、先輩たちの話なんかを聞いていると、作家として大成できるのは、ごくごく一握りの人間だけなんだということはわかります。どうしたらその一握りに入れるのかは、誰にもわかりません。多分ですけど、原石なんだと思うんです。作家として一度でも世に出た人たちっていうのは、なんらかの原石だったから、誰かに見つけて貰えたんだと、そんな風に思うんです。でも、磨き方がわからないんですよ。本人も、編集者も。わからないながらも、こういう風に磨いたらどうだろうと提案するんです、編集者は。それは、間違っているかもしれません。本当はルビーなのに、ダイヤモンドの磨き方をしたらどうかと、誤った磨き方を指南してしまっているってことですね。そう考えると、自分の仕事が恐ろしくなります。もしかしたら、自分のせいで、せっかくの原石を傷だらけにして、ダメにしてしまっているかもしれないわけですからね。わかったらいいんですけどね、原石を一目見ただけで、これはサファイアだとか、エメラルドだとか。でも、キャリアの長い先輩に尋ねてみましたけど、どうも、わからないらしいんですよ。勘だそうです」

「勘、ですか」

「ええ」結城は頷いた。「それに、小説に正解なんてありませんしね。樺山さんの原稿のままでもいいんです。僕の提案の方が正しいなんて、確信しているわけじゃありません。ま、さっきは、樺山さんの言い方に、ちょっと感情的になってしまいそうで、急いで出てきてしまいましたが、樺山さんの才能を信じなくなったわけじゃありませんから、また次の執筆の依頼をするでしょう。ただ、ほかの出版社の編集者も、僕と同じように考えるとは限りません。ベストセラー作家や、大御所作家の意向であれば、すべて受け入れるような編集者でもですよ、新人作家のこだわりに対しては、扱いにくい作家とか、面倒な作家というレッテルを貼ってしまって、次の執筆依頼は躊躇《ちゅうちょ》するかもしれませんね。誇りの高さは——新人の時には邪魔になるんです、残念ながら。作家たる者、誇りはあってしかるべきではありますが、ほどほどに。これが、食っていくために必要な、世渡り術でしょうね」


世渡り術——。明子は心の中で、結城の言葉を繰り返した。

そういうものが必要だとしたら……ダメだわ。ひろ江ちゃんにはまったくない技術だもの。これから身に付ける気もなさそうだし。

たちまち明子の胸には不安が溢れ、ぎゅっと両の拳に力を入れた。

また近いうちに連絡をするという結城に、明子は駅まで一緒に行くと申し出て、並んで歩き出した。

高架に向き合うように商店が並んでいる。

ナショナルショップの前には、トラックが停まっていた。

テレビの絵が描かれた大きな箱を、三人がかりで、荷台から下ろそうとしているのを見ながら、二人はトラックを迂回した。

明子はなにか話をしたいと思うのだが、相応《ふさわ》しい話題が見つからない。会話がないまま歩き続けていると、花屋の前に野良猫のクロを発見する。しきりに顔を洗っているので、また雨が降るのかと空を見上げたが、そこには梅雨時には珍しいほどの青空が広がっていた。

やがて駅に到着した。

結城が「送ってくれて、ありがとう」と言うので、明子は首を左右に振った。

「あの」明子は話し掛ける。「お、叔母を……これからも、叔母をよろしくお願いします。また、酷いこと、言うかもしれませんが、叔母を嫌いにならないでください。いえ、叔母を嫌いになってもいいです。叔母が創り出す物語を、嫌いにならないでください。さっきの結城さんの言葉を借りて言えば、叔母は今、一人で自分を研磨しているんだと思います。自分がどんな宝石かわからないまま。研磨は痛いんだと思います。痛くて、痛くて、血を流しながら研磨してるんじゃないかと思うんです。そうして書いた作品なので、一つの文章も、一つの読点もとても大事で、それで、あんな態度になってしまうんだと。どうか、あの、新人の癖に生意気で、本当に申し訳ありませんが、これからもよろしくお願いします」

結城が困ったような顔をしてから「近いうちに連絡します」と言った。

結城が改札を通り、ホームへの階段を上るのを見送る。

その姿が消えてもなお、明子は階段に瞳を据えたままでいた。

やがて、一番線に電車が来るとアナウンスが入った。これでようやくきっかけを摑んだ明子は、来た道を戻り始める。

バイクが明子のすぐ横を走り抜けていく。

そのバイクが人波を右に左にとかき分ける度、後部にある吊り下げ式の空の岡持ちも、同じように左右に揺れた。

クロがまだ花屋の前で顔を洗っていたので、近づき、しゃがんだ。頭を撫でてやると、クロは顔を洗うのを止めて、明子の足に体を擦り付けてきた。

明子は話し掛ける。

ねぇ、クロ。ひろ江ちゃん、大丈夫かな？　大丈夫だよね。ちゃんと、才能を傷つけずに磨いているよね。そう信じているのだけれど……凄く不安なの。背中がぞわぞわしてるの。ねぇ、大丈夫だよね？

小さな声でクロが「ミア」と鳴いた。

6

石飛武晴《いしとびたけはる》への印象が一気に変わった。

「や、やっぱり、そう思いますか？」と明子が確認すると、石飛が頷いた。

石飛が強い口調で言った。「樺山ひろ江は、もっと認められてしかるべき存在だと思うよ」

「ありがとうございます」明子は声を弾ませる。

そしてすぐに、石飛への第一印象が悪かったことを反省した。

初対面だというのにカフェバーを指定されたのも嫌だったし、着ている赤いジャケットに、金色の糸で刺繡《ししゅう》があることも、赤いフレームの眼鏡を頭にのせていることも、顎の先にだけ髭を生やしているのも、どうかと思っていた。

だが、石飛がちゃんとひろ江を評価しているとわかった途端、そういったことはまったく気にならなくなった。

職場の先輩が、色々なところに太いパイプをもつ人がいるから紹介するよと言ってきた時は、半信半疑だったが、迷っていられる状況でもなく、今夜一人で会うことにした。

ひろ江は作家デビューして、今年で四年目。執筆依頼は年々減り、今では年に一度か二度、文芸誌に短い作品を発表させてもらえる程度だった。

本にしてもらえたのは一冊だけで、それはまったく売れなかった。

石飛がダンヒルのライターを、テーブルの上でくるくると回しながら言った。「本物を見抜ける人ってのは、少ないからだろうね、多分。でも、わかる人には、わかるんだよ。樺山ひろ江の素晴らしさってのは」

「はい。あの、そうなんです。評価してくださって、応援してくださる方もいるんです。文芸評論家の古谷剛太《ふるやごうた》さんは、いつも叔母の作品をちゃんと評価してくださってます。デビュー作を非常に面白いと言ってくださって、素晴らしい作家が誕生したと、新聞や雑誌に書いてくださったりもしました」

「勿体《もったい》ないよね、今の状態は」

「はい。私もそう思います」

「樺山ひろ江の小説より劣っている小説の方が、売れてるってことは、どこに問題があるのかってことだよね」

「問題……」

「そう」石飛が手を止める。「世の中には、たいした品じゃなくても売れてる商品って、あるわけよ。そういうのは、どれも、ブランド化に成功しているからなんだよね。つまり、ブランド化が成功への道ってこと。あぁ、えっと、商品も作家も一緒だから。いかにブランド化し、その価値を高めていくかが大事。わからない？ ほら、高級ブランドのバッグ、あるでしょ？ 原材料費から考えたら、高すぎるよ、あの値段。でも、ぽんぽん売れてる。ローンを組んでまで、買おうとする人がいるぐらいの人気だ。それは、なぜか。憧れさせることに成功しているからだよ。消費者は、品の善し悪しで判断していない。商品の周りの、作り上げられたイメージに、消費者は金を払うんだ。作家も一緒。作品の善し悪しは二の次。自分の作品への評価なんかは重要じゃなくて、周りが評価しているかどうかってことの方が大事。その作家の本を買い、読まないと、時代に取り残されてしまうと焦らせられたら、こっちのもんだよ。じゃあ、どうしたらいいかってことなんだけど、重要なのは、ブランド化の確立。イメージ戦略ね」

「……………」

「これ、はっきり言って、素人には難しいんだわ。優秀なプロデューサーが必要。ま、優秀とまでは言わないけど、僕でよかったら、力になるよ」

「ほ、本当ですか？」

「勿論。もっとたくさんの人に読んでもらうべき小説なのにさ、勿体ないし、残念だよね。

せっかくの作品がさ」

やっと——これで、やっと、ひろ江ちゃんの小説に光が当たるの？ あぁ、そうなったら、どんなにいいか。

ひろ江は感心するほど努力を続けている。愚痴一つ言わずに。

編集者に読んでもらえるかわからなくても、ひたすら書き続けている。ひろ江の手書きの原稿を、明子が清書をする。それをもとにひろ江が推敲を重ね、直しのアカを入れた。それをまた明子が清書し、それをもとに、再びひろ江が修正を入れる。そうやって、作品に磨きをかけ続けるのだ。

今では明子は、原稿用紙に書かれた文字から、ひろ江の息遣いのようなものを感じられるようになっていた。

たとえば——文字の上に線が引かれて、その隣に書き直した文字が書かれているのだが、それも違うと思ったようで、その文字にも線が引かれ、ぐいっと線が上に延ばされ、余白に別の文字がある。それも違うと考え直した時には、その文字を激しく塗り潰して、横に別の言葉が書かれる。そうした文字の変遷に、ひろ江の格闘の跡が滲んでいた。

それに、万年筆のインクの濃淡からは、登場人物との距離がわかるし、ペン先をずっと置いていたために付いた大小の染みからは、ひろ江が作品と語り合っていた時間の長さが窺えた。

そうやって完成した小説はどれも面白く、最高だった。だが、編集者はそうは思ってくれず、ファンも多いとは言えない状態。こんなこと、ずっとおかしいと思っていた。これほど素晴らしい作品が、正当に評価されないなんて。ブランド化。イメージ戦略。石飛が言うように、そうしたものが原因だったのかもしれない。

明子は尋ねる。「ど、どうしたら、いいんでしょうか？　その、ブランド化するには」

「ん？　そうだねぇ。まぁ、それは、ほら、あれだから」

「あれ……というのは？」

「ヤだなぁ」顔を皺だらけにして笑った。「こっから先の話になると、具体的なアイデアの提案ってことになるじゃない？　アイデアってのはさ、タダじゃないからね。どういう契約にするかとか、いくらにするかとか、そういう話を詰めてからじゃないとさ、やっぱりね」

あっ。

お金を取る――。

てっきり、好意で言ってくれているのかと……。

だとしたら――プロデューサーとして、石飛は自身を売り込んでいたってこと？　なにそれ。力になるっていうのは、お金を払えばってことなのね？　明子は心底がっかりした。そんなお金、あるわけがない。

職場では景気のいい話を聞くが、ひろ江は相変わらず中華料理店で皿洗いのバイトをして、なんとか食い繋いでいる状態だった。文机に向かい、たった一人で戦うひろ江を見る度、自分だけはどんなことがあっても、側にいて応援し支えなくてはと思うのだった。

明子は白けた気分で店内に目を転じた。

壁にブルーのネオン管が貼り付けられていて、それが点滅を繰り返している。その左には、ヒロ・ヤマガタのポスター。明るくて軽快な印象の、その絵の中は幸せそうだった。

石飛がタバコに火を点けてから言った。「明子ちゃんは二十一歳って言ったっけ？　それにしては、随分落ち着いてるね。しっかりしてるし。あれかな？　仕事帰りは、こういう店が多いのかな？　それとも、もっとカジュアルな感じの店？　こういう店舗のプロデュースもしてるんだよね、僕」

「あの、今まで、何人の作家のプロデュースを手掛けられたんですか？」

凄い勢いで鼻から煙を吹き出しながら答える。「作家はね、まだ」

「まだ？　一人もしたことがないということですか？」

「そうそう。記念すべき第一弾が、樺山ひろ江って、いい感じじゃない？　初だし、斉藤《さいとう》さんの紹介だし、だから、金額もさ、いい感じでいいんじゃない?」

なんなのよ、それ。明子は腹が立ってくる。

作家をプロデュースした経験、ないくせに、偉そうな口、きいて。そんな人に、ひろ江の大事な作家人生を預けたりしない。絶対に。どうして石飛なんかを、斉藤は紹介したのだろう。そもそも、ひろ江がどれだけ苦しんで物語を生み出しているか、皆わかっていない。執筆に行き詰ると、ひろ江は部屋をぐるぐると歩き回る。腕を組み、自分の足先を見下ろしてひたすら回った。そんな時のひろ江の顔は歪み、動物のような唸り声を上げている。そして時折、足を止めた。貼ってある紙を覗き込むために。

紙はひろ江の部屋の至る所に貼ってある。壁やカレンダーやタンスの引き出しにも。小さな三面鏡などは、扉だけでなく、鏡面にもセロハンテープで紙がびっしり貼られていて、顔を映すスペースがほとんどないほどだった。ひろ江によれば、これらはまだ形にはなっていないが、煮たり焼いたりすれば使えそうな素材だそうで、それらを『きっかけ』と呼んでいた。『きっかけ』が書かれた紙は、その時が来るまでは、そこに置かれてなくてはならないものだそうで、剝《は》がしたり、場所を変えたりしないでくれと言われていた。

ひろ江はこの『きっかけ』を覗き、唸り、歩くという一連の行為を、一日中していることもあった。そうやって苦しんで、ひろ江は物語を生み出しているというのに——。

口惜しかった。

アパートの近くにある肉屋の奥さんから、なにをしている人なの？　と、ひろ江について尋ねられたのは先週だった。

作家だと告げると、奥さんは何度か頷いて「それじゃあねぇ」と言った。

その顔には、作家だったら、変わり者でも仕様がないわねと書いてあった。

身を削るようにして書いていることには注目をしてもらえず、少し風変わりなところだけで評価されてしまうなんて。

いつか、そういう人たちを見返してほしい。その日が必ずきますように。明子は強く、強く、願った。

7

ホームで電車を待っていると、ひろ江の襟元に、明子が手を伸ばしてきた。

歪みを直し、さらに襟元の具合を確かめるように、明子が凝視してくる。

今、ひろ江が着ているワンピースは、明子が寮のバザーで見つけてきたものだった。出版社主催のパーティーに出席するのに相応《ふさわ》しくなるようにと言って、襟と袖口にビーズとスパンコールをたくさん縫い付けてくれた。持たされている布製のバッグも、同じバザーで見つけたそうで、やはり同じビーズとスパンコールを縫い付けてくれた。

明子が言う。「眼鏡、曇ってる。その眼鏡から見る世界は、相当曇ってるんじゃない？貸して」

ひろ江は眼鏡を明子に渡した。

眼鏡を磨いている明子を見ながら、ひろ江はやれやれと思う。気が付いたら、こんな風に、どっちが年上なのかわからないような関係になっていた。最近では、まるで明子がひろ江の母親のような口を利くこともあった。それは時に煩《わずら》わしく、いい加減にしてくれと怒鳴りたくなることもあった。元々、つるんだり群れたりするのは、好きじゃないのだ。

「はい」と明子が眼鏡を返してきた。「今日のパーティーには、大勢の編集者が来るでしょ。こういう場は大事だから、ひろ江ちゃんには、愛想良くしてて欲しいの。それから、場に相応しい話題を選ぶようにしてね」

「相応しい話題？」

「そう。ほら、たとえば、この前原稿を校正した間抜けは、今日は来てるのか？　とか、そういうこと、言っちゃダメだと思うのね。それから、ドストエフスキーとマーガレット・ミッチェルの共通点について、どう思うか？　とか、そういう立ち話には相応しくない話題は避けた方がいいと思うの」

ふんと鼻を鳴らした。「作家になって、なににびっくりしたかって、誰とも文学について深く語り合えないと知った時だね。編集者というのは、膨大な数の小説を深く読んでいて、自分なりの考えというものをもっているもんだと思っていたからね。まさか、私より読書量の少ないやつが、編集者になっているとは、夢にも思っていなかったよ」

その時、ゆっくりと歩いてくる親子に目がいった。

男の子は五、六歳。その手を握っている母親は三十歳前後だろうか。母親の反対の手には、小さなバイオリンケースが握られていた。

すっと、頭の中にこの親子の物語が浮かんだ。

ひろ江は急いでバッグの中からノートを取り出す。そして、思い付いたシーンを書き留める。本当はバイオリンをやりたくない男の子が、初めて、それを母親に告げる場面。驚いた母親を見た瞬間、男の子は動揺する。物凄く悪いことをしたような気になって、反省してしまう。それで、バイオリンの練習を続けるよと、母親に言ってしまうまでの心の動きを、ひろ江は必死で追い掛けた。

なんとか言葉にして書き付け終えると、ノートを閉じた。

辺りを見回し、さっきの親子を探す。と、二人はホームの端に並んで立っていた。

ひろ江は小さなノートを持ち歩いている。思い付くと、忘れないようそこに書くようにしている。絵でいうなら、デッサンにあたる行為だった。今のように心の動きをメモすることもあるし、短編程度のボリュームのものを書くこともある。そしてこのノートは、決して誰にも見せない。いつも原稿を清書してくれている明子にも、見せたことはなかった。どのページにもひろ江の心が裸同然で映り込んでいて、とてもじゃないが、恥ずかしくて人には見せられないのだ。

ノートをバッグに仕舞っていると、明子が言い出した。「ひろ江ちゃんは、結婚しようと思ったことはないの？」

「なんだよ、藪から棒に」

「なんとなく……あのお母さん、ひろ江ちゃんと年が近いんじゃないかなって思ったら、あれぐらいの子どもがいても、おかしくないんだなぁって気が付いて。それで、ちょっと聞いてみたくなって」

明子の視線の先を辿ると、バイオリンケースを提げた、さっきの母親がいた。

ひろ江は「一度懲《こ》りてるからね」と答える。「もう一度って気には、そうはならないよ」

目を丸くした。「一度懲りてるって、どういうこと？　えっ。なに？　一度結婚したって、今、言ったの？　そういう意味？　嘘。私、知らないわよ、そんなこと。どういうことよ」

「どういうことって言われたって。十七歳の時、結婚して、半年で離婚したじゃないか」

「それ、知らない。今、初めて聞いた。どうしてだろう。ひろ江ちゃんが十七歳っていったら、私近くにいたはずよね。どうして私の記憶から抜け落ちてるんだろう」

どんな人だったのかとか、どうして離婚するに至ったのかとか、明子があれこれ言い出した時、抜群のタイミングで電車がやってきて、ひろ江はほっとした。

電車に乗り込んだ明子は、吊り革に摑まるひろ江の横顔から、元夫について語る気がないと知り、がっかりする。聞きたいことはたくさんあったが、ひろ江がこんなつんと澄ました顔をした時は、了という文字が打たれたということなのだ。

不満ながらも、明子も窓外へ目を転じようとした時、ひろ江の手に釘付けになった。ひろ江の手は、五十代ぐらいの人の手だった。バイト先では手袋をしているそうだが、酷使された手はすっかり荒れている。そして、右の中指には大きなペンだこ。その手を見ているうちに、明子は無性に切なくなってきて、目を逸《そ》らした。

電車は住宅街の中を走っている。外は明るく、夕闇が迫るまでしばらくの猶予がありそうだった。まだ散っていない桜の木が、ちらほらと見える。盛りを過ぎ、さらに昨日の雨でも散らなかった最後の花が、必死で咲いているのかと思ったら、頑張れと声を掛けたい気分になって、流れていく景色の中に桜を探し続ける。

電車を乗り換える時のひろ江は、いつものように大きく腕を振って歩いた。特に後ろに大きく引く動作は荒々しくて、その姿は投げ遣りにも、怒っているようにも見えてしまうのだった。

ホテルに到着したのは、午後五時だった。

受付を済ませて会場に入る。

五百人は入りそうな広い部屋には、シャンデリアが吊り下げられていて、去年もこのシャンデリアの大きさに驚嘆したことを、明子は思い出した。

部屋の隅には、去年ここで大賞を受賞した男性作家と、同じく去年新人賞を取り、デビューした女性作家がいた。

あの新人作家は、ちゃんと作品を発表できているのだろうか。毎年大量の新人作家がデビューするので、ひろ江のライバルはどんどん増えていくのだが、一方で、消えていく作家も多く、今何人ぐらいが土俵にいて、勝負をしているのかがよくわからなかった。ひろ江には、なんとしても土俵に上がっていて欲しい。そのためには自分が頑張らなければと、明子は部屋を見回した。

今日はひろ江の作品を売り込む、絶好の機会だった。去年のような失敗を、今年も繰り返すわけにはいかない。去年は編集者に売り込もうとする明子の隣で、ひろ江が作品について深い話をし出したりして、足を引っ張られてしまった。その反省を踏まえ、今日明子が立てた作戦は、ひろ江とは別行動を取るというものだった。

愛想良くしてねと、今一度ひろ江に念を押してから、明子は一人、岡村千絵《おかむらちえ》に近づいた。

「あら、明子ちゃん。久しぶり」

「お久しぶりです。お元気ですか？」

「ええ、まぁ、なんとかやってるわ。ひろ江さんも来てるのね？　後で探してみるわ。どう？　ひろ江さんのこっちは」字を書くような動きを見せる。

「毎日書いています。書いていますが、なかなか読んでもらえなくて、発表の場もどんどん少なくなっています」

「そう……それは、残念だわね」

「はい。千絵さんのことは、叔母も大変信頼していて、あの、そういう編集者、本当に少ないんです。その信頼していた千絵さんが、文芸誌から異動された時には、叔母は相当にショックを受けていたんです。私もですけれど。叔母の作品をきちんと正確に読んでくださる、数少ない編集者でしたから」

千絵が声を立てずに笑った。「樺山ひろ江に認めてもらえた編集者っていう肩書き、いいわね、気に入ったわ。私もショックだったのよ。いきなりティーン向けのファッション雑誌の編集部に異動なんて言われてさ。うちの会社、異動しない人は、ずっと異動しないんだけど、まぁ、普通は二、三年で異動するから、ある程度覚悟はしていたんだけど、やっぱりね。だから今日もこうして、ファッション雑誌の仕事とは全然関係ないパーティーに潜り込んで、未練たらたらしてるのよ。いつかまた、文芸の編集部に戻りたいしね」

「早く戻ってきてください」

「戻りたいわね。戻ったら、一番にひろ江さんのところに執筆依頼に行くわ。それまで、どんなに苦しくても書き続けろって、そう伝えて。私からも言うけどさ、明子ちゃんからも」

明子はしっかり頷いてから、その場を離れた。

鈴木《すずき》聡《さとし》を見つけ、声を掛けた。「す、鈴木さん、こんにちは」

「あぁ、どうも」

鈴木はすでになにかを飲んでいて、底に紙ナプキンを付けたグラスを握っていた。

「叔母の原稿、読んでいただけましたか？」

「あぁ、そうだよねぇ。ごめんねぇ、なんかバタバタしててさ。近いうちに、必ず読むから。そうしたら、連絡するから」

明子はなんとか作り笑いを浮かべて、「よろしくお願いします」と頭を下げた。

鈴木に原稿を渡したのは、もう半年以上も前になる。読む気がないのだ、ひろ江の原稿を。どうしたらひろ江の原稿を読んでくれるのだろう。

と、考えているうちに、鈴木が誰かと名刺交換をし出したので、明子はその場から離れた。

次のターゲットの岸田光則《きしだみつのり》に近づく。

隣に立ち「こ、こんにちは」と挨拶すると、「おう」と気軽な調子で片手を上げた。

明子は話し掛ける。「お久しぶりです。あの、叔母の原稿は読んでいただけましたか？」

「あぁ、あれね。ごめんごめん。まだなんだよね。おっと、お出ましだ。ちょっと挨拶してくるんで。あれね、原稿ね。読む、読む」

それだけ言うと、岸田は人を掻き分けるようにして行ってしまった。

なによ、それ。人を馬鹿にして。

むっとしながら、岸田が行った先へ顔を向けた。

あっ。

堀北咲子《ほりきたさきこ》だ——。

ベストセラーを次々に生み出している、今最も注目を集める咲子は、ひろ江と同い年だった。デビューしたのも同じ一九八〇年。だが、同じなのはこの二つだけ。美人の咲子は、私小説風の小説で、著名人との恋愛模様をスキャンダラスに描くのが作風。父親も有名な作家で、東京の大学を出た後数年ニューヨークに暮らし、その後パリに移り住んだ。毎日遊ぶことにも疲れていたある日、カフェでふと、作家になろうと思ったと語るインタビュー記事を読んだことがある。

その時見た写真より、今目の前にいる咲子の方が、数段綺麗だった。

その咲子に、岸田がぺこぺこしている。あの岸田の態度って、なに？　ひろ江と接する時の態度と雲泥の差じゃない。感じ悪いわぁ。

と、咲子を取り巻く男たちの中に、結城を発見した。でれでれと咲子と話している結城の顔は、編集者のそれではなく、男の顔になっていた。

その衝撃に、思わず目を逸らした明子は、ふと、ひろ江を探す。

ひろ江は左方向にある、丸テーブルの前に立っていた。じっと咲子を見つめていた。

ひろ江は……なにを思っているのだろう。

恵まれた環境にいて、ヒット作を連発し、時代の寵児《ちょうじ》となっている咲子を前にして。

嫉妬だろうか……いや、あのひろ江の瞳にあるのは、嫉妬とはちょっと違う色合いのような……。一見すると、冷ややかさしかないように思えるが、その下にはなにか、燃えているような気配があった。あの炎は——闘争心？　そうだ、きっと、そう。嫉妬ではなく、戦う意欲に満ち溢れているといった様子に見える。

明子はたちまち愉快になる。勝ってね、ひろ江ちゃん。あんな苦労知らずの咲子なんかに、負けないで。

男たちを引き連れた咲子が、部屋の中央へ移動し始めた。

明子の近くに来た時、咲子が自身の髪に手を触れた。

その手はとても綺麗だった。

＊＊＊

青史《せいじ》は幸子《ゆきこ》の隣に立ち、トルソーに着せた衣装を眺める。

青史は吐息をついてから「これ以上布の分量を減らせって？」と確認する。

幸子が頷いた。「座長がもっとセクシーにしろと」

「下品だね。座長の趣味にも困ったもんだ。そのうち衣装の代わりに、身体に切手を貼ってステージに立てと、ダンサーに言うんじゃないのかと心配になるよ、ボクは」

青史は衣装ラックの間をするりと進み、作業台の前に座った。

幸子も隣に座る。

二人はダンサーたちの髪飾りを作り始める。二十人分のカチューシャに赤いスパンコールを縫い付け、さらに羽飾りも付けなければいけないのだが、まだ半分ほどしか終わっていなかった。

手を動かしながら青史は話し出す。「露出度が高ければ、いいショーになるってわけじゃない。違うかい？」

「そうね」

「セクシーというのがどういうものか、座長には理解できていないと思うね、ボクは。隠されているから、惹かれるんだ。ただ裸を見たいだけなら、ストリップに行ってるだろう？　客入りが悪いのは、ダンサーの衣装のせいじゃない。ショー全体の問題だ。やりたいものをやってるだけじゃや、客は来なくなるよ。客が観たいものをやらないと」

「青史さんのショーは、いつも一番人気だものね。青史さんが女形姿《おやま》で舞台に上がった途端、黄色い声が凄くて、楽屋にいても、ああ、青史さんが出たんだなってわかるのよ」

「ありがとう。ボクの芝居とショーにだけは、口を出させないつもりでいるよ、座長にもね」

青史はその中性的な魅力で、中高年女性のファンを獲得していて、出演者の中で花や御《お》捻《ひね》りを貰うことが一番多かった。それが、青史の誇りでもあった。

「失礼します」と声がかかり、二人は開いたドアへ顔を向けた。

智彦《ともひこ》が身体を半分に折り曲げた姿勢で、頭を下げている。

幸子がなにかと尋ねると、座長が衣装を着けてリハーサルをすると言っている。ついては、歌謡ショーに出演する六人分の衣装を運び出したいと智彦が答えた。

幸子が立ち上がろうとするのを、青史は手で制し、部屋の一角を指し示した。

「そこにあるから、持っていけばいい」

青史の言葉に「ありがとうございます」と、智彦は再び深く頭を下げてから、衣装が並ぶラックの前に進んだ。

青史はスパンコールの縫い付けに集中しようとするのだが、どうも、智彦が気になって仕方ない。

痛っ。

呟き、すぐに人差し指の先を舐める。針で突き刺したところから滲む血の味を、舌が感じているうちに、癪《しゃく》の虫が動き出す。

青史は言った。「なにをしているんだか知らないが、いったいなにに、そんなに時間が掛かっているのかな？」

「すみません。ちょっと、どれだかわからなくて」智彦が答えた。

「どうしてだよ。毎日袖で見てるんだから、誰がどの衣装を身に着けているか、わからないわけないだろう。それとも、君は、そんなことも覚えていられないのか？」

「青史さん」幸子が小声で名を呼ぶ。

それ以上は言うなというニュアンスをもった声で。

だが、青史の苛立《いらだ》ちはもう抑えきれなくなっている。「どうして、君は、なにをやってもそうなんだ。なに一つ、まともにできないじゃないか。毎日なにを、その目に映しているのさ。先回りしてできることは一つもないし、誰かに言われた通りのことだけを、やるだけなんだよ、君は。あっちのものを、こっちに運ぶとか、そういうことだけだ。だが、どうやら、それさえもできないようじゃないか」

申し訳なさそうな顔で、智彦が身体を半分にして頭を下げた。

そういう卑屈な態度が嫌なのだ。青史は腹違いの弟に、唾を吐きかけたくなる。弟とはいっても、腹違いのため、智彦は青史より一ヵ月遅く産まれただけの同い年。それでも智彦は青史さんと呼び、意地悪をされても、酷い言葉を投げつけられても、ひたすら黙って耐え続ける。刃向かってくればいいのだ。ただの八つ当たりの時だってあるのだから。だが、決して智彦はそんなことはしない。

見かねた様子で幸子が席を立った。

幸子が衣装をポールから外し、別の空のラックに掛けていく。

その幸子の様子を隣で見ているだけの智彦に対し、青史は言い放った。

「君に、生きている価値はあるの？」

智彦が俯いた。

たちまち青史の胸は疼く。

生きている価値はあるのか……それは時折、自分に向けて投げかける問いだった。身体は男だが、心は女の自分は、いつも心許《こころもと》なくて宙ぶらりんだった。女形としてステージに上がっている時には、大きな歓声と拍手を貰えるが、衣装を脱いで一歩外に出れば、ただの中途半端な人間だった。そんなはっきりしない自分に、いつも腹を立てている。普段はそれを隠していられるのだが、智彦の気持ち悪いほどの低姿勢な態度を目にすると、たちまちその怒りが飛び出てくるのだった。

「すみません。本当に」智彦は頭を下げる。「お忙しいのに、お手伝いいただきまして」

智彦はいつものようにひたすら謝る。

智彦が五歳の時、母親は言った。産まれてきてはいけないのに、あんたは産まれてきた。だから、謝りながら生きていけと。そう智彦に告げた翌日、母親は姿を消した。それで、父親の元での生活が始まったが、そこには、父親の正妻と子どもたちもいた。

こんな自分が生きていけるのも、父親とその家族たちの温情のお陰。せめて役に立ちたいと思っているのだが、鈍い自分はなにをやってもすんなりといかず、いつも周りの人たちを怒らせてしまう。

そんな時、申し訳ありません、すみませんと、智彦はいつも心から謝る。母親の言いつけ通りに。だが、辛くはない。謝りながら生きていくのが定めと、思い決めているから。

幸子のように助けてくれようとしたり、庇《かば》ってくれたりする人もいる。それが、智彦には不思議だった。どうして自分を庇ってくれるのだろう。可哀相だと思うのだろうか。でも、本当に可哀相なのは青史さんだ。青史さんはいつも難儀そうに見えた。迷子になった子どもが、あんな顔をするんじゃないかというような表情を浮かべていることが、よくある。多分、自分よりいろんなことを考えるからだろう。自分は頭が悪くて、難しいことは考えないので、あんな顔にはならない。頭のいい人は大変だ。自分のように、青史さんも幸せだったらいいのに。そう、智彦は思っていた。

幸子がラックのキャスターを滑らせて、智彦の方に動かしてきた。「これで全部よ。さあ、行って」

「ありがとうございます」と智彦が深々と頭を下げ、部屋を出て行くのを、青史は苦々しい思いで見送る。

青史は「まったく」と強い口調で吐き捨て、カチューシャを作業台に放り投げた。勢いよく背もたれに背中を預けた青史が、左に顔を向けると、姿見を覗く自分と目が合った。

怒りと苛立ちで険しい顔をした人間が、そこにいた。

と、すぐに、そんな自分に見惚れる。これを、今度の芝居で表現できないだろうか——。

青史はどんな芝居がいいだろうかと考え始めた。

＊＊＊

8

息苦しくなった明子は、テーブルのグラスに手を伸ばした。

すでにアイスティーの味はなく、レモンの酸味だけが感じられる。

ちらっと、斜め横に座っている結城へ目を向ける。

三十歳を過ぎた頃から、結城の頭には白いものが混じるようになり、そのせいで落ち着いて見えるようになっていたが、今はまったく違った。しきりに鼻を触り、そわそわしている。結城も明子と同じように緊張しているようだった。

向かいに座っているプロデューサー、平野《ひらの》匡《ただし》もやはり心配そうにしてはいるが、どこか楽しげにも見えて、あぁ、この人は、樺山ひろ江をわかっていないのだと明子は確信する。

ひろ江のデビュー作『回転する猫』を、テレビドラマ化したいと申し出があったと、結城から聞いた時、明子はびっくりし過ぎてぼんやりしてしまった。しばらくしてから、もう一度言ってくれと頼み、それからようやく話を理解した。

『回転する猫』が発売された直後に、平野からテレビドラマ化したいとの申し出が、結城に入ったという。だが、未確定だとして、ひろ江には知らされなかった。それから六年。平野はことあるごとに、社内の企画会議に提出しては、途中で頓挫するというのを繰り返していたらしい。そうして、ようやくひろ江に脚本を見てもらう段階にまで至ったそうで、ひろ江が了承さえすれば、半年後の来年四月から放送がスタートできるとのことだった。

それで、今ひろ江は、出版社の応接室で明子の隣に座り、その脚本に目を通していた。

結城は昨日の電話で、明子に言った。テレビドラマ化されれば、一気に樺山ひろ江に注目が集まり、本が売れる可能性がある。執筆の依頼が増え、生活も楽になるかもしれない。このチャンスを逃さないよう、たとえ担当プロデューサーが間抜けであったとしても、馬鹿な作品の解釈をしたとしても、樺山さんがドラマ化そのものを拒否したりしないよう、明子ちゃんには協力して欲しいのだと。

明子は勿論と答え、すでに有休を取ることにしていると告げ、ドラマ化の実現に全力を尽くすと宣言した。

だが、本当は……どうしたらいいのか、実のところ、わかってはいなかった。

ひろ江が小説と世界観が違っているとでも言い出せば、その見解を変えさせることはできない。明子にできるのは……ひろ江がどれだけの想いでそれを書いたのかを、平野に伝えることぐらいだろう。そして、ドラマ制作を諦めず、ひろ江が納得するものに近づけるよう努力してくださいと懇願するだけだ。

突然、明子はどうしようもなく不安になる。自分はひろ江の役に立っているのだろうか――。

先月のことが頭をよぎった。

それは、久しぶりに編集者がひろ江のアパートを訪ねて来た時のことだった。それ以前に渡していたひろ江の原稿に、いくつかアカを入れたと編集者が言った瞬間、明子はドキリとした。そして、閉じられた戸の向こうにいる、二人の成り行きを心配した。

登場人物の学生が一人で住んでいる部屋は、分譲マンションのようだが、学生がそこに住んでいるとの設定はおかしいと校正者から指摘が入った。確かにその通りだと自分も思ったと、その編集者は言った。

明子は、編集者が言っている意味がわからなかった。戸の向こうにいるひろ江も、わからないようだった。やがて、分譲マンションでも、資産運用で購入したオーナーであればそこには住まないし、転勤や家庭の事情などで引っ越しをし、第三者に貸すこともあるというごく当たり前の常識を、校正者も編集者も知らなかったと判明した。

あぁ、ひろ江はきっと激怒するだろうなと思っていると、案の定、戸の向こうから声が聞こえてきた。

明子、馬鹿に付ける薬を買ってきてくれ、二人分だ、と。

続いて聞こえてきたひろ江の声には、しっかりと怒りと呆れがのっていた。

「世間のことを知らないのはしょうがない。だが、なぜ、調べない？　理解できないことや、わからないことがあったら、まずは調べろ。自分が常に正しいと思っているから、調べもしないで、これ、おかしいんじゃないですかねぇと、簡単に言ってくるんだろう。恥ずかしくないのか？　知らないことや、勘違いしていることはたくさんある。そういうものに出合ったら、まずは調べろ。勉強しろ。最低限のマナーだ。どんな仕事でもそうだが、特に校正者と編集者と名乗るからには、ほかの人より努力するべきじゃないのか？　作家が勘違いしていること、調査不足の点を指摘するのが仕事なんだから」

そんな時にはいつもするように、明子はその編集者を駅まで送った。道すがら、ひろ江が全身全霊で書いていると話し、これに懲りずに、引き続き書かせてやってくださいと頼んだ。だが、そう言っている明子の言葉には、魂が入っていなかったろうと思う。心の底では、ひろ江の言う通り、馬鹿な編集者と思っていたから。

自分はもっと熱心に、その編集者に訴えるべきだったし、ひろ江にもほかの言い方をするよう意見するべきだった。そういうことができてこそ、自分がひろ江の側にいる意味があるというものなのだから。

どうか今日だけは、ひろ江がいつものひろ江ではありませんようにと、今のように祈るだけの自分が情けなかった。

その時、ひろ江が脚本をテーブルに置いた。

明子は固唾《かたず》を呑んで、ひろ江の言葉を待つ。

ひろ江が口を開いた。「二話までの脚本しかできていないという話だけど、最終話はどうするつもりなの？」

平野が「原作のまま、と思っています」と答える。「主役の西原《にしはら》には死んでもらいます。結局の中には、主役が死んでしまうのは、後味としてどうなのかという人もいましたが、私はそうは思わないので、説得しました。私が、先生のこの作品に惹きつけられた理由はいくつもありますが、そのなかでも、西原が死ぬという結末にやられたというか、衝撃を受けたんですよ。無理にハッピーエンドにしていないところが、この作品のキモだと思うんです。ずしりと胸にくるんですよ、西原の死が。実は、先生の本、読み終わったの、午後十一時だったんですね。六年前ですけど、よく覚えています。それから、眠れないんですよ。翌日仕事があるから、早く眠りたいのに、眠れないんです。ベッドに入っても、寝返りを打っちゃ、いろんなシーンを思い出すわけですよ。西原のね。気が付くと、涙ぐんでたりしましてね。なんて凄い小説なんだって、思いました。ですからね、西原を生かしたままで終わらせるなんてことは、しちゃいけないんです。先生、ドラマ化、私にやらせてください」

平野が自分の両膝に手を付き、頭を下げた。

その平野を、ひろ江がじっと見つめる。

明子は息を殺して、そのひろ江の様子を窺う。

と、無表情だった。

いや、違う。少しだけいつもと違う。こんな顔をしているひろ江を、明子は前にも見たことがある。あれは――そうだ。納得のいく小説が書けたよと明子に言ってきた時、こんな顔をしていた。ということは……。

突然、ひろ江が言った。「いいでしょう」

あっ……。

今、いいって言った？　明子は確認したくて、結城を見る。

すると、結城は豆鉄砲を食った鳩のような顔をしていた。

明子と目が合うと、目許を緩ませ、小さく二度頷いた。

「ありがとうございます」と、平野の感激したような声を聞くに及んで、ようやく明子の胸にじわじわと喜びがやってきた。背骨が融けていくような、変な感覚も同時に押し寄せてくる。

……良かった。

これで、ひろ江の小説の素晴らしさを、たくさんの人に知ってもらえる。生活もきっと楽になるはず。これで――。ひろ江の苦労が報われる。やっと。

ありがとうございます。

明子は何度も何度も、心の中で感謝の言葉を呟いた。

平野とひろ江が脚本の細部について意見交換を始めるとすぐ、結城が目で部屋の外に出ようと言ってきた。

そこで明子は結城の後に続こうと腰を上げた。

だが、足にまったく力が入らず、一歩を踏み出せない。皆にはわからないよう拳で太腿を叩くと、やっと足が動いた。

部屋を出てドアを閉めると、結城が壁に向かってガッツポーズをしていた。

「明子ちゃん、やったよ」

中の二人には聞こえないようにであろう。結城の声は抑え気味だったが、その興奮は隠しきれていない。

明子は口を開きかけたが、いろんな思いが溢れてきて言葉にならない。

それで、うんうんと、強く何度も頷くだけになってしまった。

「やったよ」と結城は重ねて口にし、「これから忙しくなるよ」と呟いた。

結城は興奮していたが、頭の一部には冷静な箇所もあり、そこでは、これからしなくてはいけない業務内容とスケジュールについて考えていた。営業と販促に声をかけて、すぐに打ち合わせをしないと。テレビドラマ化発表のタイミングによっては、文庫の帯に入れる文章が変わってくるから、何種類か用意しておかなくては。

頭の中を整理しながら、ふと、明子へ目を向けると、自身の胸に両手をあてていた。そしてその顔は、今にも泣きだしそうだった。

たちまち結城の胸に喜びが溢れる。明子にとっても、こんな嬉しい話はないだろう。あのひろ江に、ずっと仕えてきたのだから。接し難い人なのだ、ひろ江は。生意気だとか、我が儘だとかいうのとは少し違う。ひろ江の見解はいたってまともで、筋が通っているのだから。だが……いや、だからこそ、常に緊張感をもって接しなければならず、こっちは神経がすり減るような思いをさせられるのだが。ミスをしようものなら、こてんぱんにやっつけられる。やっかいな人——それが、ひろ江だった。

結城が働く出版社では、大手とは違い、異動はほとんどなく、一度作家の担当につくと、ずっとそのままだった。担当作家が替わる時というのは、トラブルがあった時か退職者が出た時、あるいは新人が配属された時だけだ。こうした時、部内で担当作家の棚卸しが行われ、担当替えが検討された。結城はこうした会議で、毎度毎度、ひろ江の担当を外してもらいたいと願い出ようかと考える。だが、どれだけ見回しても、ひろ江と渡り合えそうな者はいない。もし自分が担当を外れて、ほかの誰かになれば、そいつはひろ江に梃子摺《てこず》り、すぐにも執筆の依頼をしなくなるだろうことは、火を見るより明らかだった。そうなれば、ひろ江の作家人生は終わる。それは、不本意だった。やっかいな人ではあっても、作家としての可能性を、結城は見限ったわけではない。結局、結城はひろ江の担当替えを申し出ずに、会議を終えるのが常だった。

ひろ江の担当から外れなくて良かった——。今、結城は心の底から、そう思った。間抜けだのボケナスだのと、酷い言葉を随分と投げつけられてきた。だが、本が売れてくれれば、そういったことは帳消しになる。担当作家の本が注目されること。売れること。それは社内での自分の評価が上がるという現実的なこと以上に、編集者としての本能がくすぐられるような喜びをもたらす。

急にじっとしていられなくなり、結城は身体を回して、通路を進んだ。突き当たりの壁に向かってガッツポーズをすると、すぐにUターンして明子の近くに戻った。

明子が部屋のドア横にある縦長の飾りガラス越しに、中にいるひろ江と平野の様子を窺っていた。

結城も中の二人を窺うようにしながら言った。「不思議だな。ここからの角度だと、樺山さんが人間に見えるよ」

すると、明子がくすりと笑った。

ひろ江と明子は一つ手前の駅で降りるはめになった。

出版社での平野との打ち合わせを終えたひろ江は、明子と二人、電車で自宅に向かっていた。アパートの最寄り駅まであと一つというところで、電車は動かなくなった。アナウンスによれば、人身事故が起きたせいだとかで、再開の目処は立っていないという。仕方がないので、ここで降りて、アパートまで歩こうとひろ江が提案すると、明子は驚いた顔をしたが、すぐにそれもいいかもねと言った。この私鉄は駅と駅の距離は短く、一駅分なら徒歩で二十分ほどだった。

改札を出て並んで歩き出すと、柔らかい風にのって、香ばしい匂いが漂ってくる。それは、駅前の天津甘栗屋から届けられる匂いだった。

道の両側には昔ながらの商店が並んでいる。

洋品店のショーウインドーには、学生服を着たマネキンが立っていて、その足元には、近くにあるらしい学校の名前が書かれた二つの札が置いてある。そこの学校に進学する生徒は、ここで制服を作らなくてはいけないようだった。

自転車屋の前では、店員が小学五、六年生ぐらいの男の子のタイヤに、空気を入れている。

ケーキ屋の前で、明子が足を止める。「ケーキ、買って帰ろう」

強い力で明子に腕を取られ、気が付いた時には、店内に引っ張り込まれていた。

ショーケースに並ぶたくさんのケーキを、明子が隅から隅まで眺め回す。その姿は楽しそうだった。

いつまでもそうしていそうだったので、「まだかい」とひろ江は声を掛ける。「そうやって時間をかけて悩めば悩むほど、結局、ショートケーキに落ち着くんだよ」

「やだっ。今、ショートケーキにしそうになってた」

「ほら、ご覧」

やっとのことで明子が決めたのは、ショートケーキとチョコレートケーキ、モンブランとサバランの四つだった。

店を出て、歩き出す。

ケーキの箱を、大事そうに胸の前に掲げて歩く明子の顔は輝いていて、「全部半分こずつ食べようね」と言う声ははしゃいでもいた。

それは、ひろ江の気持ちを塞がせるのに充分だった。どうして、こんな風に喜べるのだろう。自分は不安で不安で仕様がないというのに。テレビドラマ化の話は思ってもいなかった展開だった。小説を原作としたドラマや映画があるのは、知ってはいたが、そういうのは、元となる小説がヒットしたから、映像化されたのだろう。だが、『回転する猫』は違う。まったく話題にはならなかったし、売れもしなかった。平野が気に入ってくれただけだ。平野の気持ちは嬉しかったが、やはり、ドラマがヒットするとは思えなかった。一度恥をかいたのに、テレビドラマ化で、また恥をかくことになるような気がして、心許なかった。

そもそも、作家としての才能が自分にあるのかと疑うことが、最近は多くなっている。売れている小説を読んでも、なんで売れるのか、まったくわからなかった。売れる理由がわからないのは、自分の感覚がほかの人とズレているから。このズレがある限り、自分は作家として世間に認められることはないのだろう。そう考えるととてつもなく寂しくなり、胸はヒリヒリと痛むのだった。

その時「どうしたの、ひろ江ちゃん、そんな顔して」と、明子が言ってきた。「今日ほど素晴らしい日はないでしょ。テレビドラマよ。凄いわ。あっという間に、ひろ江ちゃんの名前がたくさんの人に知れ渡るわよ、きっと。結城さんが言ってたけど、あの平野さんって、今までたくさんのヒットドラマを作ってきた人なんだって。良かったぁ。あの平野さんが、ひろ江ちゃんの小説と出合ってくれて」

「ドラマがヒットするつもりでいるようだね」言葉がぽろりと零れ出た。

「えっ？　そうよ。大ヒットよ。絶対だわ」

「本は売れなかったんだよ」

「それは……」

明子ははっとした。もしかして――ひろ江は心配しているの？　そんな……ひろ江は強くて、いつも自信たっぷりで――本当はそうじゃなかったの？

明子は精一杯明るい声を上げる。「大丈夫だって。ひろ江ちゃんの小説はね、どれも最高。私が保証する。今までは、チャンスに恵まれなかっただけ。信じて、自分の才能を。いい？」

ひろ江からはなんの返事もなかった。

明子はケーキの箱を左手に持ち替え、右手をひろ江の腕に伸ばした。ひろ江と腕を組んで歩きながら、さっきまでとは違う種類の喜びに満たされている自分に気付く。もし本当にひろ江に不安があるなら、それを小さく軽くしてあげるのが、自分の役目。自分には大事な役割があるということ——それは、生まれて初めて与えられた使命のようで、明子の胸は弾んだ。

だがすぐに、後ろめたくなる。ひろ江の弱さを発見して、自分の存在意義を確認して、喜んだりするなんて。

いつの間にか商店がなくなり、住宅が並んでいる。人通りも少なくなり、明子たちの靴音がやけに響く。そういえば、甘栗の匂いもしなくなっていた。

一軒の住宅に目が留まった。

白い壁の屋敷は三階建てで、鉄門の向こうには赤茶色の敷石が玄関ドアまで続いている。こんな立派な屋敷なら、きっとキッチンは広いだろう。もし、テレビドラマがヒットしたら……ううん。絶対にヒットする。だから、こんな家にひろ江は住める。絶対にそう。そうしたら、自分専用の事務机を貰おう。それに、ワープロのカセットインクリボンを、一度使っただけで捨ててしまおう。なんて、贅沢な暮らしだろう。そんな日ももうすぐ。ああ、わくわくする。

明子は組んでいる手に力を入れ、ひろ江の腕をしっかり摑んだ。

9

明子は新聞紙に定規をあてる。縦十五センチ、横三・五センチ。

定規を隣の出版社の広告ページに移し、咲子の名前の大きさを測る。こっちは縦十五センチ、横三センチ。ほぼ同じ――。

明子は定規で自分の肩を叩きながら、ひろ江の新刊紹介の新聞広告の大きさが、別の出版社の広告欄の咲子のものと、ほぼ同じことにがっかりする。

今月から始まった、ひろ江のデビュー作『回転する猫』を原作としたテレビドラマは、高視聴率を取り話題になっていて、この文庫本が売れていた。さらに売り上げを伸ばすべく、新聞に広告を打つと結城から聞いていたため、明子はとても楽しみにしていた。ところが、隣の広告欄に咲子の名前を見つけてしまった。それで、思わず定規をあてたのだった。

咲子はその私生活の派手さで話題をふりまき続けていて、作品の出来とは関係なく、その中で暴かれる著名人との恋愛話への関心によって、その本はよく売れていた。そのせいで、出版社も大々的に広告を打つため、さらに売り上げを伸ばすという好循環を生んでいるようだった。最新刊でも、未婚のまま子どもを産んだ、自身とダブる主人公の、妻子のいる画家との恋愛模様が書かれているらしい。

以前、パーティーで大勢の編集者たちに囲まれる咲子を見た時、いつの日か、ひろ江がこんな女に勝ちますようにと願った。

あれから三年。いいところまできていると思う。ひろ江は皿洗いのバイトを辞め、執筆業に専念できる環境になった。連日取材の申し込みが入ってくるし、出版社からの執筆依頼も殺到している。『回転する猫』以外の本も売れているので、ようやくひろ江の作品の素晴らしさが浸透しだしたという実感もあった。あと少し——。もうちょっとで、咲子より有名で売れっ子の作家になれる。実力なら、ひろ江の方が何倍もあるのだから。

ひろ江の名が載っている広告欄だけを切り取り、スクラップブックに貼り付けた。

明子は急激に忙しくなったひろ江を助けるため、先月末で信用金庫を辞めた。そして、ひろ江のアパートから歩いて一分ほどのところに部屋を借りた。そこから毎日このひろ江のアパートに通い、手書き原稿をワープロに入力したり、電話を受けたり、取材や打ち合わせなども含めた執筆のスケジュール管理をしている。

電話が鳴り、明子は受話器を耳にあてた。聞こえてきたのは編集者の岸田の声だった。

ひろ江は打ち合わせ中だと明子が告げると、「あれ、どうなったかなぁ」と岸田が言ってきた。

岸田はひろ江の原稿を読む、読むと言い続けて一年も放っておいたくせに、テレビドラマ化が発表されるや否や、急いで読んだようで、すぐに本にしたいと言ってきた。だがひろ江は、時間が経ち改めて読み直してみると、書き足らないところがあるので、大幅に直したいと言い出した。それで直し作業をすることになったのだが、十二本の連載と、大量のエッセイの依頼があるなかでは、手を付けるまでに至っていなかった。

「まだ先になります」と明子は答えた。

すると「そうなのぉ？　参ったなぁ」と岸田が言ってきた。

阿《おもね》るように岸田が続けた。「上からさぁ、早く、先生に仕上げていただくようお願いしろって言われててさぁ。忙しいのはわかってるんだよ、勿論。わかってはいるんだけどさぁ、明子ちゃんからさぁ、頼んで貰えないかなぁ。元の原稿はあるわけでしょ？　ゼロから書くより、ささっとできるんじゃないかと思うんだよね。なんとか割り込ませて貰えないかなぁ」

この人はなにもわかっていない――。

ゼロから作るのも大変だが、一度生み出した自分の作品を磨き上げていくのだって、魂を削るような作業だということを。

よく、こんな人が、文芸の編集者を名乗っていられるもんだと明子は思う。「ささっと」なんて言葉をひろ江が耳にしたら、きっと激怒するだろう。いっそ岸田なんて、ひろ江の逆鱗《げきりん》に触れてしまえばいいんだわ。そうすれば、心を入れ替えるかもしれないもの。

明子はスケジュール調整の際、今までされてきたことを加味する。岸田のように、それまでちゃんとした対応をしてくれなかった人からのアポや依頼の場合、割り込ませたりせず、列の最後尾に並ばせるのだ。

そういったわけで、明子は今しばらく待つようにとだけ言って、受話器を置いた。

その受話器を人差し指でトントンと叩きながら、「今頃言ってきても遅いのよ」と心の中で呟いた。

岸田のように、それまでの態度を一変させた編集者たちからの要請や懇願を断る度、明子の胸は暗い喜びで満たされる。同時に、自分にこれほど意地の悪い心持ちがあったことに、驚いてもいた。

ダイニングテーブルの時計に目をやると、午後五時を過ぎていた。明子は今日の夕飯と夜食はなににしようかと、メニューを考え始める。今、ひろ江の食事はすべて、明子が用意していた。ひろ江の夜食を用意してから、自分のアパートへ戻るというのが、ここ最近の明子の日課になっていた。

昨日も徹夜で執筆をしていたらしいひろ江のために、疲労が回復するような食事を作りたい。

冷蔵庫を開けた。

ずらりと並んでいるのは、菓子と果物。来る客皆が手土産を持参するため、冷蔵庫には菓子と果物が溜まっていく。

明子は賞味期限を確認し、あんみつとわらび餅を捨てた。マスクメロンはお尻の感触から、明日まではいけそうだと判断し、冷蔵庫に戻した。

「それは、あんたの価値観だろう」

戸の向こうから、ひろ江の強い声が聞こえてきた。

すぐに、鈴木の「ですね。そうでした。私の価値観でした」と言う声が流れてくる。

鈴木はひろ江の原稿に埃を積もらせていたのは岸田と同じだったが、テレビドラマ化の情報を、未公表の段階で入手した点が違っていた。随分前に渡していた原稿を、単行本化したいと言ってきたのは、ひろ江に一気に注目が集まる前だった。いつもバタバタして忙しかったはずの鈴木は、あっという間に単行本化を実現させた。さらに新連載も、ほかの出版社に先駆けてのスタートとなったのだった。

ひろ江が「小説の読み方を、編集者に教えることになるとは思ってもいなかったよ」と語る口調には、疲れたような響きがあった。「殺人犯が主人公の小説を、あんたは読んだこと、ないのか？　主人公は、あんたと価値観が違うだろうよ。人を殺す人間の気持ちがよくわかりますってぇ方がおかしいんだからさ。だけど、楽しくその小説を読むだろ？　自分と価値観が違う登場人物が、自分だったら絶対に選択しない生き方を選んだとしたって、物語として面白ければ、読者はちゃんと納得してくれるんだよ。あんたは古田《ふるた》のような行動は取らない。それがどうした？　あんたの話が聞きたくて、本を買うんじゃないんだ。これは古田の物語なんだよ」

「はい、そうでした。そうですね。どうぞ、私の意見は忘れてください。それでは、このお原稿のまま来月号に掲載させていただきますんで、初校が出ましたら、また連絡させていただきます。今日はどうもありがとうございました」

戸が開き、鈴木が姿を現した。

明子が鈴木に軽く会釈した時、アパートは電車の走行音でいっぱいになった。

鈴木が靴を履き、出て行ってもまだ走行音は続いていたので、近くの高架を上り下りの電車が続いて通過しているのだろうと明子は思う。

隣室に入ると、すでにひろ江は文机に向かい、万年筆を握っていた。

鈴木に出していた湯呑みを盆にのせた時、明子はゴミ箱に溢れる原稿用紙に気が付いた。

昨夜空にしたのに、書き損じた原稿用紙がこんなに溜まっているなんて――。

ひろ江が文机に頬杖をついた。そして原稿用紙から正面の壁に、その目を移した。

その肩から首のあたりが、緊張で張っているのがわかる。ひろ江の集中力が急激に高まっていくのを、明子は息を凝らして見つめる。

と、突然、ひろ江の周囲の空気が変わった。

パチンと張りつめていた空気が弾けたように感じた瞬間、ひろ江が万年筆を手放した。

ひろ江はゆっくりと背中を倒していき、畳に仰向けになった。ぼんやりと天井を眺める。

と、視界に明子が入ってきた。口を動かしてなにか言っているようだが、耳栓をしているのでわからない。

そのうち、明子が親指と人差し指で輪のような形を作り、自身の目を囲むようにしたので、ひろ江の眼鏡の曇りを取りたいのだと理解する。

眼鏡を外して渡すと、すぐに明子が磨き始めた。

明子がどんなに眼鏡の曇りを取ってくれても、ひろ江の気持ちまでが晴れるわけじゃない。ひろ江は苛ついていた。自分に。突然やってくる大勢の人たちに。

ここ最近のひろ江は、まるで、台風の目の中に入ってしまったようだった。

ひろ江の周りには強い風が吹き荒れている。

その様子はなんとも慌ただしく、焦るような気持ちになった。だが、よくよく眺めてみれば、風は、ひろ江から一定の距離を取ったところを吹き回っているだけ。ひろ江がいるのは台風の目の中のような、ぽつんと一人、静かな世界だった。

今こんな状態になっているのは、ひろ江の小説が評価されたからではなかった。たまたまひろ江の小説を気に入ってくれたプロデューサーが作ったテレビドラマが、ヒットしているせいだった。急に執筆の依頼が増えたが、それは、ひろ江の小説をもっと読みたいという人が増えたのではない。今流行っているから、次も注目されるだろうとの商魂からきている執筆依頼だった。

だから、わからないのだ。今まで通り好きに書いていいのかが。皆が望んでいるのは、どういうものなのかが。そして、そんな風に迷っている自分にむかむかしてしまうのだ。

そうしたことを、真剣に話し合えるような人物は誰もいなかった。原稿が欲しい編集者たちは、素晴らしいとコメントするだけで、彼らから具体的な中身のある提案が出されることはない。頼れる者は一人もいないという現実が、これほど堪《こた》えるとは夢にも思っていなかった。

再び明子が視界に入ってきた。

眼鏡を受け取り、鼻にのせる。

ぴかぴかのレンズ越しに見る明子は、心配そうな顔をしていた。

10

「四ヵ月ぶりくらいだっけ？」と、明子は尋ねた。

ひろ江が頷き「そうだね」と答える。

明子たちは、ひろ江が四ヵ月前までバイトをしていた中華料理屋に入る。

大きな声で「いらっしゃいませ」と言った男が、ひろ江に気付き「ひろ江さん、今日もお皿たまってますよ」と冗談口を叩いてきた。

昼時の店内は混んでいて、六十人ほどが席についている。

明子たちは中央付近の二人掛けのテーブルにつき、メニューを広げる。

ひろ江がラーメンにするというので、チャーシューメンにしたらどうかと明子は提案したが「チャーシューが三枚入っているというだけで、二百五十円も差があるんだよ。うっすいチャーシューなんだから。薄いチャーシューに二百五十円も払う必要ないね」と却下されてしまった。

そこでラーメンを二つと、ひろ江がそれならいいだろうと許可をしてくれた春巻きを、一皿注文する。

しばらくして、先ほどの男が春巻きを運んできた。

そして「ひろ江さん、今日は、なんだか、ちょっと違いますね。どうしましたか？」と言ってきた。

ひろ江がよくわからないといった顔をすると、男は「今日は、お洒落、している感じ、思いますよ」と説明した。

そして、明子に向かって語り出す。「ひろ江さん、ブラウスのボタン、外れたら、輪ゴムしてきましたよ。その日、だけ、違いますよ。次の日も、その次の日も、輪ゴムでしたね。凄い、思いましたよ。でも、もっと凄い、思いましたのは、長靴、割れましたところを、ガムテープで塞いだことでしたね。女の人、ですからね、一応。驚きましたね、わたし」

男がほかの店員から名前を呼ばれてテーブルから離れたので、明子が「今の、本当の話なのよね？」と確かめると、ひろ江はこっくりと頷いた。

春巻きを食べながら明子は尋ねる。「ここの人たち、ひろ江ちゃんが作家だってこと、知らないの？」

「知るわけないよ。言ってないもの」

「でも、書店に行けば、ひろ江ちゃんの名前が溢れているのよ。新聞の広告欄にだって、テレビドラマの最初と最後にだって、ひろ江ちゃんの名前が出てるのに」

「見ようとしなければ、目の前にあったって、見えないもんさ。ここの人たちにとっちゃ、私はただの変人だよ」

「そんな……」

「変人で結構。変人扱いされるのは、一向に構わないね。変人と思ってるくせに、口では先生の仰る通りです、なんて言う連中と仕事をしなくちゃいけない方が、よっぽど神経がすり減るね」

「編集者のことね」明子は言った。

「取材にくるやつらもだ。どいつもこいつも、私の神経をすり減らしてくれるよ。それに頭の悪いやつってのも、こっちの神経をすり減らすね。私は、性格が悪いやつにはなんとか我慢できるんだが、頭が悪いやつには我慢できないんだよ」

さっきとは別の店員によって、ラーメンが運ばれてきた。

明子はレンゲでスープを啜る。

予想外の美味しさに、思わず「なにこれ。ちゃんとしてるじゃない」と口にした。

ここに来ようとする度、ひろ江がそれほど旨いわけじゃないと言うので、明子は今まで一度もこの店に来たことがなかった。だが、ラーメンはちゃんと美味しかった。

明子の言葉に、ひろ江はなんの反応も示さず、ラーメンを食べ続けている。

「ひろ江ちゃんの神経がすり減らないように、受ける取材の数を減らすとか、連載の数をもう少し減らすとか、してみる？」

明子は今日、ひろ江を外に連れ出した目的を果たすべく、やっと本題を切り出す。

ひろ江が手を止め、明子の提案を検討するかのようにじっとラーメンを見つめた。

やがてラーメンからすっと顔を上げた。「取材はもう増えることはないだろう。テレビドラマは来月で放送が終わるからね。減らそうとしなくても、減っていくさ」

「連載は？」

「連載は――数が問題じゃないからね。減らしたって、なにも変わらないよ」

ひろ江が再びラーメンを食べ始めた。

明子はひろ江になにか言ってあげたいと思うのだが、相応しい言葉が見つからなくて、ただ俯いた。

一昨日のことだった。

ゴミ箱に捨てられていた原稿用紙に、なにげなく目を留めた明子は、ふと、それを開いてみる気になった。

くしゃくしゃに丸められた原稿用紙をそっと広げてみると、そこには樺山ひろ江、樺山ひろ江と、名前がびっしり書かれていた。

ひろ江が自分の名を、何百回も書き連ねていたという事実は、明子に衝撃をもたらした。

ひろ江は自分を見失いそうになっているのだろうか。テレビドラマが始まる前にも、ひろ江の不安を感じたことがあった。だが、事態が好転してからは、そういったものは消えていると思い込んでいた。最近のひろ江の原稿用紙に漂う息遣いが、少し苦しそうなのはわかっていたが、それほど深刻に捉えていなかった。その判断が甘かったのではと、明子は反省する。ひろ江の不安を小さく軽くするのが、自分の役目なのに——。

「のびるよ」とひろ江の声がして、明子は反射的に手を動かした。

そして機械的に口に運び、ラーメンを片付けていった。

十五分ほどで、二人はほぼ同時に食事を終えた。

明子が支払いをしている間に、ひろ江は一足先に店を出る。

知らず知らずに、ひろ江は中華料理店と隣の店の間に移動していた。

ひろ江がバイトしていた頃と同じように、赤いビールケースが重ねられている。仕事の手が空いた時には、あのビールケースに座って一休みしたものだった。隣の居酒屋の厨房の戸は、大抵開け放たれていて、酔っ払い客たちの声が流れてきた。たいした話は聞こえてこなかったが、時にはいろんな人生が垣間見えることもあって、耳を欹《そばだ》てたりもした。

ひろ江はぐっと首を上げ、空を仰ぐ。

どんよりとした灰色の空が広がっている。

あのビールケースに座って、何度夜空を見上げたことだろう。隙間から見上げる夜空は細長く、小さかった。なにも残さずに、こんな隙間で終わってたまるかと思う日もあれば、きっと終わるんだろうなと悟ってしまうような日もあった。自分はこの隙間を出たのだろうか。それとも、まだビールケースに座っているのだろうか。

店から明子が出てきた。

二人は並んで歩き出す。

少しして、明子が言ってきた。「私にできることは、ある?」

「ん？　明子にできること？　色々やってくれてるじゃないか。電話の取次ぎだとか、スケジュールの管理だとか」

「そうね。そういうことはやってる。そういうこと以外で、なにか、私にできることはあるのかなって思って」

「ないね」

「そう」

なんだって、そんながっかりしたような顔をするのだろうと、ひろ江は不思議に思う。変な子だね、明子は。今日は、手伝いをしたがる子どものようになっている。普段はひろ江が摂った食事の量や内容を、やかましいほどあれこれ言ってきたりして、まるで母親の役割を演じているような、うざったさを見せるのだが。

アパートに辿り着き、階段の手摺りに手をかけた時、部屋の前に女が立っているのに気が付いた。

その女は、ひろ江たちに向かって小さく手を振ってきた。

ひろ江は振り返り、小さな声で「誰だい？」と明子に尋ねたが、「わからない」という。

ひろ江は階段を上り始める。

後ろに明子が続いてきた。

突然、ひろ江が足を止めたので、明子はぶつかりそうになり、慌てて手摺りを摑んだ。

ひろ江がくるりと顔を回してきて「あれ、照子《てるこ》さんじゃないかい？」と、言ってきた。

照子……明子は初めて聞く名前だと思う。

ひろ江がトントンとスピードを上げて階段を上る。

女の前で足を止めると、「やっぱり、そうだ。照子さんだね？」とひろ江が呼び掛けた。

にやっと笑った女が「そうだよ。照子だよ」と言った。

そして「元気そうじゃない」と照子が続けたのに対し、ひろ江が「そっちも」と答える。

照子が「そこにいるの、明子ちゃん？」と言ってきた。

明子はびっくりして「はい」と頷く。

「あの、ちっちゃいのが、こんな娘さんになっちゃうんだから、こっちは年を取るはずだわね」と言って、照子が豪快に笑った。

その笑い声は掠《かす》れていて、迫力があった。

部屋に入ると、明子はすぐに飲み物の用意を始める。台所で照子という名前を心の中で呟き、記憶を探ってみたが、なにも浮かんでこなかった。

明子は台所を出て、小卓に肘をついてタバコを吸っている照子の前に、緑茶と灰皿を置いた。

鷹揚な口調で照子が「ありがとう」と言い「そういえば」とすぐに続けた。「明子ちゃんは、ひろ江ちゃんの後ばっかり追い掛けてたっけねぇ。大人はたくさんいるのに、ひろ江ちゃんじゃなきゃ、嫌みたいでさ。でも、ひろ江ちゃんは、明子ちゃんに見つからないように隠れるのよね。だけど、大抵すぐに見つかっちゃって。あれから、十七年かぁ。こうやって、ひろ江ちゃんの側に明子ちゃんがいるのを見ると、懐かしいというか、自然な感じがするというか、しっくりくるというか、そんな感じだわ」

五十代ぐらいだろうか。ショートカットで、そのせいか、首が長く見える。その首には、三重のパールのロングネックレスが下げられていた。それは、タバコの臭いを消すほどのたっぷりの香水共々インパクトがあった。

照子がタバコで小卓の菓子折りを指す。「それ、お土産ね。たいしたもんないのよ、秋田は。だからただの饅頭だけど、勘弁してね」

明子は礼を言って、受け取った。

照子が上半身を前に出すようにする。「違ったわ。秋田にはたいしたもんがあったんだったわ。ひろ江ちゃんのことよ。本当だって。今やひろ江ちゃんは郷土の誇りだからさ。駅前の本屋、覚えてる？　日月堂《にちげつどう》よ。ひろ江ちゃんの専門店かっていうぐらい、あんたの本ばっかり並べてるんだから。うちで本を買って、それで、作家先生になったんだって、言いふらしてるよ、あそこの旦那は」

ふんとひろ江が鼻を鳴らした。「立ち読みしていると、すぐにハタキをかけてきて、追い出そうとしたくせに」

「おや、そうだったの？　それじゃ、相当にずうずうしいね、あいつ。いずれにせよ、そのうち、ひろ江ちゃんの銅像が立つんじゃないの。冗談じゃなく。あそこら辺じゃ、ほかに有名になった人、いないんだしさ。そうだ。役所の倉田《くらた》君から頼まれてたんだわ。七月に県の市民ホールがオープンするそうなんだけど、その式典で講演をして貰えないか、お願いしてきて欲しいって言われてたんだったわ」

「断る」

鼻から太い煙を吐き出しながら笑う。「断るの、随分と早いね」

「話すことなんて、なにもない。そもそも、私は秋田なんて大嫌いなんだ。秋田にいた頃は、早く大人になってここから出たいと、毎日そればかりを考えていたよ。その私が、どうして秋田の人の前で？　秋田は素晴らしいとか、この土地が私を育ててくれたなどと、私が言うとでも思ってるんだろう、その役所のヤツは。とんでもないね。ずうずうしい勘違いだ。そんなくだらないことを言いに、わざわざ来たの？」

「違う、違う」手をひらひらと左右に振った。

「金なら貸さないよ」唐突にひろ江が宣言した。

照子が目をむく。「お金? 本気でそんなことを? 冗談でしょ。お金に困ってなんていないわよ、私は。映画館は三つとも順調だしさ。この服だって、このバッグだって、ブランドもんよ」

「プライドの高い女は、借金を申し込む時でさえ、一張羅《いっちょうら》を身に着けて見栄を張るもんだ」

照子の顔には信じられないといった表情が浮かんだ。

一方のひろ江は、冷ややかな瞳を照子に向けている。

部屋の空気はどんどん張り詰めていき、明子の心臓はドキドキし始める。ひろ江はいったいなんだって、あんなことを言い出したのだろう。金なら貸さないなどと、言われてもいないうちから言い出すなんて。

緊迫の時間が続き、これ以上耐えられないと明子が思わず目を瞑《つむ》った時、くくっとこもった音が聞こえてきた。

恐る恐る目を開けると、それは照子が発している声だった。照子が自分の目のあたりを手で覆い、俯いている。

と、突然その手を放し、顎を上げて笑い出した。

明子が面喰っていると、今度はひろ江の笑い声まで聞こえてきた。

……なに？

わけのわからない明子をよそに、二人は大笑いをしている。

照子などはひろ江の腕を叩いたり、自分の目尻を押さえたりしながら、涙を流して笑い転げている。

しばらくして、照子が「はぁー、笑い過ぎて苦しいわぁ」と吐き出すように言った。

それから「ひろ江ちゃんは変わらないねぇ」としみじみとした調子で続ける。「そうやって、人の心を先読みするのが得意だったっけねぇ。無表情でいっつも本ばっかり覗き込んでるから、なにもわかってないんだろうとこっちは思っちゃうんだけどさ、違うんだよね。ちゃーんと、全員の心を読み通してる。本人が気付いてないことまでね。ま、今日の私のことはハズレだけどね。東京見物に来ただけ。ついでに、あんたのところに寄ってみようと考えたってだけのことさ。売れっ子になった割にはしょぼい部屋に住んでるあんたに、金の相談なんてしやしないよ。私の方が金を貸してやりたくなるぐらいじゃないか、ここ。さっきから、電車が通るたんびに物凄い音がするしさ。あれかい？　小説家っていうのは、それほど儲からない商売なのかい？」

「明子が部屋を探してくれてはいるんだけど、なかなかいいところがなくてね」

「そうかい」次のタバコに火を点け、ゆっくりと煙を吐き出した。「あんたのそういうところ、きっと小説家には必要なことなんだろうね。人の心を先読みしたり、深読みしたりすることよ。私は本なんてあまり読む方じゃないから、わからないけど。あんたは不思議な子だったよ、昔っから。人嫌いっぽいんだよ。いつも無愛想だし、ちょっと声を掛けても、近づくなって顔するしさ。だけど、どうも、人嫌いじゃなさそうなんだよね。人が嫌いだったら、人間観察なんてしないだろ？　興味があるんだろうね。なさそうに見えて。だから、いざって時、どう思うって意見を求められるんだよ、あんたはさ。なるべくしてなったのかね、小説家にさ」

「なるべくしてなったかどうかは、わからないけど——作家を目指して東京に行くと私が言った時、照子さんだけが、あんたならできると言ってくれた。夢を叶えてこいと背中を押してもくれたし。夢とか、そういうの、せせら笑うタイプの照子さんからそう言われた時、驚いたけど、励まされたし、感謝してる」

「えっと、感謝してるって、言った、今？　そう。びっくりだね。途中、ちょっと酷いことも挟んでたけど。人の夢をせせら笑ったりしないよ、私は」

「また、そんなこと言って。照子さんは、夢を追う人を、応援したりする人じゃないじゃない。目を覚ませと言って、水をぶっかける人だ。これ以上ないってぐらい、現実的な考え方をする人でしょうよ」

「随分と酷い言われようだね」照子が反論する。「私の場合は、そうせずには生きてこられなかったってだけさ。夢を見るのが悪いと思ってるわけじゃないんだよ。あんたに、夢を叶えてこいと言ったぐらいなんだからさ。あんたみたいな、ちょっと不思議な子はさ、あんな田舎じゃ、暮らしにくいだろうしと思ったんだよ。東京だったら人がたくさんいるだろうから、それほど目立たずに、のびのびと生きられそうだと思ったしね」

「東京でも変人は変人だからね。目立たずにっていうのは、無理だった」

「おや、そうかい?」照子が笑った。

時を置かずに、誰それのことは覚えているかと、照子が名前を挙げだした。

さっきまでの緊迫感はすっかり消えていて、二人はなんだかとても楽しそうだった。

変なの。言いたいことを言い合える仲ということなのだろうか。明子は首を捻った。

第二章

1

飲み物と食べ物の残り具合をチェックしてから、明子は庭に出た。

三十人ほどの客が、芝生のあちこちに配置した白い椅子に座っていた。客たちは酒と食事を楽しみながら、午後七時からスタートする花火を待っているのだ。

ひろ江が買ったのは高台にある一軒家で、その庭からは、近くの川原で打ち上げられる花火を楽しめる。毎年、八月の第三金曜日に開かれる区主催の花火大会は、今年はひろ江の三十九回目の誕生日と重なった。

四年前にひろ江がこの家を買うことに決めたのは、静かだったからで、花火大会の際に庭が特等席になることは、住み始めてから知った。

閑静な住宅街にあるこの家では、耳栓をせずとも執筆できるといって、ひろ江はとてもここを気に入っているようだった。

ひろ江にとっては素晴らしい家ではあっても、毎日ここへ通う身の明子には、急で長い坂道を上るのは結構しんどかった。だがこの坂道のように、ひろ江は一歩一歩、作家の道を上ってきたのだなと思う日もあり、そんな時には感無量になった。

ひろ江が一作、一作精魂込めて小説を書いてきた結果、その中の一つは映画になり、二つがテレビドラマ化された。

ひろ江の筆跡が苦しそうに感じられて、案じたこともあったが、そうした心配は無用だったのだ。

応接室から庭を窺う結城に気が付き、明子は近づいた。

「こんばんは」と声を掛けると、結城は「どうも」と答え、ネクタイを少し緩めた。

「なんとか間に合ったけど、いやぁ、あの坂は心臓に悪いね」と結城が言うので、明子は「珍しくネクタイなんて、してるからじゃないですか?」と指摘した。

結城が説明する。「これ、実はさ、ネクタイをしなくちゃいけない用事を済ませてきたからなんだ。せっかくだから、この、樺山さんのバースデーパーティーも、ネクタイで過ごそうかと思ったんだよね」

庭を手で示し「バースデーパーティーも兼ねてはいますが、まぁ、花火見物でもあるので、皆さんカジュアルな格好ですから、取っていただいて構いませんよ」と告げた。

「本当に？」

「ええ。去年だって、一昨年だって、結城さん、ノーネクタイだったじゃないですか。どうして今年に限って、そんなに気にするんですか？　それに、叔母は服装には無頓着な方ですし」

やや間を置いてから、結城がネクタイを外しにかかった。

そしてそのネクタイを鞄に仕舞うと、紙袋を明子に差し出してきた。それは、ひろ江へのバースデープレゼントで、受け取った明子は庭から応接室へと上がった。

部屋の隅にあるテーブルには、すでにひろ江へのプレゼントが山積みになっている。後でわからなくならないよう、結城からもらった袋に名前を書いた付箋をつけて、最上部にのせた。

去年の花火大会でも、ひろ江はたくさんのプレゼントをもらった。だが、ひろ江はそうしたものにはまったく興味を示さず、全部明子にあげるよと言った。それで、自分の家で使えそうなものをいくつかもらい、残りはすべて仕舞ったのだった。そういえば、去年は、途中でひろ江の姿がないことに気付き、明子は慌てて家中を探したのだったと思い出す。

ひろ江はなんと風呂場の空の浴槽にいて、服を着た状態で一人本を読んでいた。そんなところでなにをしているのかと尋ねると、落ち着かなくてねとひろ江は答えた。ひろ江によれば、広い屋敷に大勢の人が蠢《うごめ》いているが、本音も本気さも魂もないので、そんな中にいると寒いという。空の浴槽の中なら寒くないのかと重ねて尋ねた明子に対して、寒さは一緒だが、はっきりと一人とわかる方がましだからと返してきた。その日の気温は三十度ぐらいだったのに。今年はひろ江から目を離さないようにしなくてはと、明子は肝に銘じる。

結城が長机の前で料理を選び始めた。

いつもこの部屋にあるソファとローテーブルは、今日は隣室に移してあった。代わりに置いた長机には、ゲストがバイキング形式で楽しめるよう、料理と酒を並べている。

揚げワンタンを取ろうとしている結城の結婚指輪に目が留まり、気が付くと、明子は右の人差し指で自分の結婚指輪を撫でていた。

結城は一年前に、明子は二ヵ月前に結婚した。

明子がひろ江に初めて敦を紹介したのは、半年ほど前のことだった。結婚するつもりだと明子が表明すると、ひろ江は「大丈夫なのかね」と言った。どうしてそんなことを言うのかと尋ねたが、「なんとなく」としかひろ江は答えなかった。敦の両親も二人の結婚にいい顔をしていなかったので、せめてひろ江からは祝福されたいと思っていたから、明子は哀しかった。

結城が皿を手に、明子に近づいてきた。

その皿には山盛りの料理がのっている。

明子の前までくると、庭へ目をやり「年々、参加者が増えているようだね」と言った。

「ええ。今年は五十人ぐらいお見えになる予定なんです」

「そんなに？　明子ちゃん、準備が大変だったでしょう」

「いいえ、家政婦さんがいますから。私は、大勢の方にいらしていただけて、嬉しいんですよ。参加者が多いのは、去年よりも映像関係の方が多いせいかもしれません。俳優さんや、スタイリストさんといった方もいらっしゃってるんですよ」

ひろ江の小説がテレビドラマ化された時に、主演をした女優があそこにいると教えると、結城がぱっと顔を輝かせた。さらに説明をしようとした明子より早く、結城は部屋を出ていった。

庭に下り立った結城は、真っ直ぐ女優に向かって進む。美人は遠くから見ても、美人だった。彼女にだけスポットライトが当たっているかのようじゃないか。

結城は吸い寄せられるように近づきながら、なんて声を掛けるのが最適だろうかと、頭の中で言葉を練る。

と、足が止まった。

我に返った結城は辺りを見回し、ひろ江を探す。

左方向にひろ江を発見し、方向転換をした。

ひろ江は腕と足を組んで、椅子に座っていた。側には数人の人がいたが、誰とも話をしてはおらず、まだ花火の始まっていない夜空を睨み上げている。

一瞬怯《ひる》んだものの、結城は声を掛けることにする。「お邪魔してます」

ひろ江がゆっくりと顔を向けてきた。

結城を認めると、小さく頷いた。

謁見《えっけん》はそれで終了。ひろ江はすぐに夜空を睨む続きに戻ってしまった。

結城は苦笑いを浮かべる。相変わらずだな。無愛想で、苛立っているように見える。ひろ江とは結構長い付き合いになった。これだけ長い付き合いになれば、互いの距離が縮まって、遠慮のいらない間柄になってもおかしくないのだが。ほかの作家とはできている交流が、ひろ江とはできていなかった。時間が経つにつれ、ひろ江との距離はどんどん広がっていく気さえする。ま、約束の期日までに原稿を上げてくれているのだから、文句はないが。

結城はひろ江から離れ、女優に向かって歩き出した。

弾むような足取りで歩く結城を、明子は目で追う。あんなにわくわくした顔をしちゃって。明子は少しだけ呆れる。きれいな人を見ると、結城はいつもああいう顔をするのだ。そういうところは、昔っからちっとも変わらなかった。

それに比べて、ひろ江の不機嫌そうな様子はどうだろう。もうちょっと楽しそうにしてくれたらいいのに。ひろ江のバースデーパーティーに、これだけの人が集まってくれたのだから。たとえ、花火見物の方が目的だったとしても。

ひろ江は今朝になっても「私も庭に出なきゃ、ダメだろうか」とごねていた。ひろ江の誕生日を祝って来てくれるのに、主役が登場しないなんてあり得ないと明子が言うと、バカと話をすると疲れるんだと言って吐息をついた。

夕方になって明子が書斎に入った時には、「今、ちょうどのってきたところなんだ」と万年筆で原稿用紙を差した。だが原稿用紙を見れば、それは嘘だとすぐにわかったので、ひろ江の腕を摑んで風呂場へ引っ張っていき、シャワーを浴びるよう指示した。

それでようやく観念したのか、以降はおとなしくなり、明子の言う通り化粧をして、明子が選んだクリーム色のワンピースを着たのだった。

あれは、誰だろう。

ひろ江の横に立った男は。美しく若い男――誰かが連れてきた俳優さんだろうか。出版関係者なら、あれほど美しい男を忘れるはずがないのだから。

「お料理、追加しますか？」

振り返ると、家政婦の加藤《かとう》のりこが立っていた。

明子は残り具合を確かめるため、料理が並ぶ長机に向かった。

千絵は玄関ドアを開けて外に出た。すぐに明子が続いて出てきた。

最後の客となった千絵が暇《いとま》を告げたのは、午後十一時半を回ってからだった。

仕事が片付かず、やっと千絵がひろ江の家に到着した時には、すでに花火大会は終わっていた。それから二時間半ほどの間に徐々に客たちは帰っていき、気が付いた時には、千絵が最後の一人になっていた。

ひろ江の屋敷の前に立った千絵は、宴の後の気怠《けだる》い余韻を感じ取る。

そっと吹いてきた風は、火薬の臭いがした。

ポーチで千絵は振り返る。「今日はありがとう。楽しかったわ。こういう時じゃなきゃ、ひろ江さんに会う機会もないから、有り難いのよ、本当に」

「いつになったら、文芸の部署に戻れるんですか？」

「私が聞きたいぐらいよ。まったく興味ないってのに、コミックの編集部で働くって、地獄よ、毎日が。それでも、会社員だからね。お前は来月からあっちと言われたら、そっちへ異動するしかないのよ。まぁ、いいわよ、私の愚痴なんかはさ。それより、ひろ江さんのことよ。どうなのかしら、調子は？」

「調子ですか？」

「ええ。今日は、なんだか苛ついているみたいだったから」

困ったような表情を浮かべた。「いつも、ああいう感じですから」

そうだろうか。千絵には、今日のひろ江は辛そうに見えた。こうしたパーティーが、ひろ江の発案とは思えない。恐らく明子だ。日頃一緒に仕事をしている人たちへの感謝と労《ねぎら》いの気持ちから、毎年明子が計画しているのだろう。お陰で千絵はこうしてひろ江に会えるのだから、いいことなのだと思う一方で、今日のような辛そうな顔のひろ江を見ればこんなパーティーは止めるべきだとも思ってしまう。

果たして、ひろ江の気持ちを、明子は理解できているのだろうか。明子はよく尽くしているし、ひろ江のサポートができるのは、明子をおいてほかにはいないとわかってはいても、二人の関係を心配してしまう。心配し過ぎだろうか。

千絵は気持ちを切り替えて、殊更明るい声で言った。「明子ちゃんがいつもと同じって言うなら、きっと、そうね。私の思い過ごしでしょう。今の、忘れて。それじゃ、ね」

千絵は敷石の上を進み、門扉《もんぴ》に手をかけた。

その時「最近の叔母の小説、どう思いますか？」と、明子から声が掛かった。

千絵は振り返り「そうねぇ」と言った後で、真っ暗な空を見上げた。「頑張ってるって、思うわね。期待に応えようと、必死で、精一杯書いてるって気がする。筆力があるからね、ちゃんと一定のレベル以上のものを書いてる。でも……それ、ひろ江さんが望んでいる小説かなぁって思ったりもする」

「望んでいる小説？」

「んーと、どういったら、わかってもらえるかなぁ。本当にひろ江さんが書きたくて、書いているのかなぁって思うのよ。求められるから、出しているって感じがするのよね。だけど、それ、職業作家としては正解なのよ。正解なんだけど、私はさ、ほら、樺山ひろ江のファンだから、なんていうか、ひろ江さんが心の底から書きたいと思った世界を、心行くまで書いて欲しいと願ってしまうわけよ。だから、ちょっと、ね」

「つまらないですか？」

「そんなことない。全然。面白いわよ、どの作品もね。ごめん、明子ちゃんを心配させるようなこと、言っちゃったわね。ごめん、許して。私にはさ、夢があってね。また文芸の編集部に戻れたら、ひろ江さんに執筆を頼むわけよ。原稿待ちの列ができてたって、そんなの蹴散らして横入りするの。それでね、どうか無茶してくださいって頼むわね。思う存分好き放題してくださいって。そう言うわ。

初めてひろ江さんの小説を読んだ時の痛み、今でも覚えてるわ。痛かったのよ。胸をすっと、何度もカッターナイフで切られたような痛み。切られた直後は、あれっと思うぐらいなんだけど、そのうち血が滲んできて、切られたってことがわかるの。それ、後を引くような痛みなのよ。ストーリー展開とか、キャラの設定とか、甘いところはたっぷりあったけど、そんなものを吹き飛ばす力があった。私は私だって、そう、ひろ江さんが叫ぶ声が聞こえるような気がした。売れっ子になって、一気に編集者が押し寄せたせいで、なんていうか……樺山ひろ江が薄められているような、そんな気がしちゃってさ。とにかく自分のところにも原稿が欲しい編集者たちが、わっとひろ江さんを取り囲んで、それでいいですから、くださいって手を出すのよ。たくさん手を出されるもんだからさ、ひろ江さんも頑張って、書いては、渡して、書いては、渡してって、してると思うんだけど、それじゃ、樺山ひろ江の味は薄まっていくばっかりよね。そういう編集者たちは、量を増やすために水を入れることに、罪悪感なんてまったく感じてないのよ。使い捨ての感覚っていうか。儲けられるうちに、儲けられればそれでいいって思ってるのよ。でも本当はさ、作家の十年後、二十年後を見据えて意見を言うのが、編集者の役割のはずよね？　作家を濃く、太くさせていくのが、本物の編集者の仕事だって、私は思ってるのよ。あー、ごめん。なんか、今夜は飲み過ぎたみたい。余計なことばっかり言ってる。今の、全部、文芸の編集部に戻れない者のやっかみだから。酔っ払いの繰り言《くりごと》だから聞き流して。もう行くわ」

千絵は門扉にのせていた手を、明子の腕に移し軽く叩いた。

千絵が去って行くのを、明子は見送った。

明子は敷石の上を戻りながら、千絵の言葉を反芻《はんすう》してみる。

ドアノブに手を掛けて、ふと、振り返った。

一段と深くなった夜に、どきりとする。

ドアを開け、屋敷に入った。大丈夫。明子は自分に言い聞かせる。千絵が今日のひろ江は苛ついていたなんて言い出すから、動揺してしまったが、本人が言っていた通り、今夜は飲み過ぎたんだわ。ひろ江の作品は薄まったりなんてしていない。ちゃんと面白いし、素晴らしいんだから。

明子はわざと大きな音をさせて靴を脱いだ。

廊下を進み、キッチンへ足を踏み入れた途端、大きな声を上げた。「やだっ。なにしてるの？　お腹が空いているなら、残っている料理がたくさんあるのに。そんな、魚肉ソーセージなんて食べなくたって」

ひろ江はキッチンの中央にある作業台の前で、丸椅子に座り、一人で魚肉ソーセージを齧《かじ》っていた。

冷蔵庫に向かって歩き出した明子に、「これが食べたいんだよ」とひろ江が言ってくる。白を基調にした三十平米ほどのキッチンは、大きな明り取りから差し込む光で、昼間は電気を点けなくても平気だった。だが深夜の今、蛍光灯に照らされているキッチンは、昼間とは違う表情をしている。無理に明るさを演じているような、痛々しさがあった。

このキッチンの雰囲気のせいか、一人魚肉ソーセージを食べるひろ江の顔には、疲れが張り付いているように見えた。

冷蔵庫の中をチェックしてから「ホットココア、作ろうか？」と、明子は尋ねる。

すると、ひろ江が「そうだね」と答えた。

ひろ江は好物の魚肉ソーセージを食べる時、とんでもないものを合わせる。この前は、リンゴジュースを飲みながら、魚肉ソーセージを食べるのがお気に入りだった。その前には、カルピスのぶどう味。そしてここ最近は、ホットココアだった。

明子は電気ポットの湯の量を確認してから、戸棚を開ける。「今日の料理、不味かった?」

「そんなことはないよ」

「それでも、魚肉ソーセージが食べたいのね?」

「そう」

ひろ江の薄いピンク色のマグカップを取り出し、そこにココアの素を入れる。このマグカップは、以前ひろ江が住んでいたアパートのゴミ集積所に捨てられていたものだった。それを見つけたひろ江が、自分のものとしたのだ。

この家に引っ越す際、古く半端な食器はすべて処分し、デパートで新たに一式を買い揃えた。高級ブランドの食器は高額だったが、家に相応しい食器にしないと、客に出した時恥ずかしいと考え、慎重に選んだ。それなのに、ひろ江はこっそりこのマグカップを持ち込んでいた。引っ越した翌日、この下品なマグカップを戸棚で見つけた時には、思わず悲鳴を上げてしまった。しかし、客の前では使わないとひろ江が約束したので、明子は渋々このマグカップの現役続行を認めたのだった。

縁回りに連なる紫色の花は、太い線で描かれていて、それはまるで子どもが描いた下手な絵のようで、センスの悪さはずば抜けている。この家とも、現在のひろ江の格とも合っていないこのマグカップを見る度、明子はほろ苦い気分になるのだった。

明子はマグカップをひろ江の前に置いた。「今夜はたくさんの人が来てくれて、よかったわね。今年は五十四人も来てくれたのよ。年々盛況になっていくから、嬉しいわ」

ひろ江はふーふーと、ホットココアに息を吹きかける。これで、身体は温まるだろうか。八月だというのに、今夜もひろ江はどこにいても寒かった。庭で花火を見ている時も、応接室でプレゼントの山を眺めた時も。

今年は誰も来ないのではないかと、ひろ江は思っていた。本の売り上げが徐々に落ちているからだ。樺山ひろ江の人徳が、人を集めているのではない。今夜ここに集まったのは、売れる小説を書く作家に媚《こび》を売っておいた方が得だと考える連中ばかりだ。そういう連中は見切りが早いだろうから、もう作家、樺山ひろ江に興味を示さないだろうと予想していたが、意外にも大勢の人が集まった。とはいえ、来年は違うだろう。

しかし、明子はそうは思っていないようだった。ゲストをもてなせたと喜んでいる風情なのが、なんとも滑稽で、邪魔くさくもあった。

どうして明子は心配にならないのだろう。

ひろ江の作品が、多くの読者に受け入れられているわけではないのだ。たまたまテレビドラマ化され、本が売れた。話題性だ。その後は、その話題性にのっかろうとする人たちによって、いくつかの作品が映像化され、また話題性が生まれた。とはいえ、もう限界なのだ。そういつまでも話題性だけで引っ張れるものではない。本の売り上げの減少が、それを如実に物語っているじゃないか。

明子が文句を言い始めた。すでに帰ったのりこの片付け方が気に入らないようだった。

途端に、ひろ江の胸にあった塊が、また少し重くなる。

ひろ江は手の中のココアを思い出し、そっと口を付けた。

2

明子は戸惑いながら階段を下りる。

どういう風の吹きまわしか、ひろ江は執筆を中断し、アポなしの客と会うと言った。

一階の応接室の前で足を止めた。ガラスドア越しに、中で待っている安藤《あんどう》みのるの様子を探る。

昨夜のバースデーパーティーで、ひろ江に話し掛けていた美しい男は、俳優のみのるだった。

昼食の片付けを終えた頃、みのるは突然やって来て、応対に出た明子に自己紹介をすると、昨夜万年筆を失くしたようなのだが、こちらになかっただろうかと尋ねてきた。なかったと答えると、たいしてがっかりした様子を見せず、背中に隠し持っていた花束を胸の前に掲げ「ひろ江さんに、この花を渡したい」と言った。

それは、クリーム色のバラの花束で、昨夜ひろ江が着ていたワンピースの色だった。ひろ江がアポなしの客のために、執筆の手を止めることはないのだが、一応聞いてみると明子は言って、みのるを応接室に待たせて書斎に上がったのだった。

麻のジャケットを羽織ったみのるは、背もたれに背中をあずけず、ソファに浅く腰掛けている。

真っ直ぐ前の壁を見つめている様子は——いついかなる時でも、見られる準備をしている人のそれだった。

さっき玄関でみのると対峙《たいじ》した時には、明子は思わず、その美しさに息を呑んでしまった。それに対し、みのるはそうやって驚かれることに慣れているようで、明子が落ち着くのを待ってみせたのだった。

招かれて、ひろ江と撮影現場に行ったことが何度かある。そこで見た俳優たちは、皆普通の人とは格の違う美しさで、衝撃を受けたことが思い出された。ただ、そうした中にあっても、みのるの美しさは、きっと目立つだろうと思えた。それは、好青年といった顔立ちに加えて、強さがあるから。間近で見つめられたら、一歩後ずさってしまうぐらいの、オーラを放っているのだ。

明子は応接室のドアを開けた。

ひろ江が会うそうだと伝えると、みのるはぱっと顔を輝かせて、「やった」と声を上げた。

その素直な喜びぶりに、明子は思わず微笑んだ。

みのるを従え二階に上がり、ノックをした後で書斎のドアを開ける。

みのるが花束を自分の胸の前に抱くようにして、中に入っていった。

ドアを閉めた明子は再び一階に下り、キッチンにいたのりこに、書斎の客とひろ江に紅茶を運ぶよう指示をした。

それから明子専用の事務部屋に入り、ひろ江のインタビュー記事のチェックを始めた。

ひろ江の発言通りに文字にされてしまうと、とても感じの悪い作家という印象を読者に与えてしまうので、インタビュー記事はすべて明子が目を通し、直しの依頼をするようにしている。自分の書いたものには徹底的にこだわるひろ江だったが、他人が書いたインタビュー記事には、まったく興味を示さないので、チェックするのは明子の役目になっている。

ノックの音の後、ドアの隙間からのりこが顔を出した。

ついでに入れた紅茶を飲むかと聞かれたので、貰うことにする。

三年前からのりこには週に五日来て貰っている。家政婦としての仕事ぶりに満足してはいないのだが、大きなミスをするわけでもなかったので、働いて貰っているうちに三年が経ってしまったといったところだった。当初は四十三歳の実年齢より若く見えていたが、この三年の間に十キロは太ったせいか、一気に老けた。

のりこが机の端にカップを置き、尋ねてきた。「二階の、俳優さん、ですよね？」

「ええ、そう。昨夜のパーティーに来ていたのよ」

「昨夜のですか？」首を捻る。「あんなにいい男がいたら、気付かないはずないのに。っていうことは、間が悪く、ちょうどキッチンにいたとか、ほかの用事をしていたとか、そういうことだったんでしょうかね。二十代半ばぐらいでしょうかね？」

「さぁ、わからないけれど、それぐらいに見えるわね」

「昼間のドラマに出てましたよね。あと、メンズシェーバーのコマーシャルも、確かやってましたよ」

「随分詳しいのね」

「詳しいって、わけじゃありませんけど」のりこが天井へ目を向ける。「ありゃー、どうにかなるんじゃないですか？」

「どうにかなるって？」

のりこはにやにやするばかりで、答える気はないようだった。

しばらくすると、「嫌ですねぇ」と言って、盆を胸に抱きかかえるようにした。「男と女の関係になるってことですよ」

「まさか」

「どうして、まさかなんです？　大体、なんだって、今日やって来たんです？」

「万年筆を落としたそうなのよ、昨夜。それで、なかったかって」

「そう言ったんですか？　へぇ、そういう手もあるんですねぇ。やだ、明子さんったら。万年筆の話なんて、信じてるんですか？　うぶですねぇ。そんなの電話一本で済む話じゃないですか。本当ならね。万年筆を探している人が、どうして花束買ってくるんです？」

「ファンなんじゃない？　叔母の」

のりこが目を丸くする。「まぁ、本気でそんな風に思ってるんですか？　そうですか。それじゃあ、そうかもしれませんね。ファンでねぇ」

のりこはドアへ進んだ。

ドアノブに手を掛けると、くるりと身体を回した。「それじゃ、どういうわけでしょうねぇ」

顔を上げた明子に向けて続けた。「いつもだったら応接室で応対する先生が、今日に限って書斎に招いたのは」

すると明子がぽかんと口を開けた。

おやおや。この人ったら、本当になんにも気付いちゃいないらしいね。世間知らずな人だよ、まったく。

のりこはするりと部屋を出た。

廊下を進み、階段の上り口で足を止めて、書斎のある二階を見上げる。

さっき、のりこが紅茶を出しに行った時、あのいい男は、全身からあなたを好きですというメッセージをひろ江に向けて発していた。

お偉い先生だって、女だからねぇ。あんなに好きですって気持ちを真っ直ぐぶつけられちゃ、悪い気はしないだろうし。みのるを憎からず思っちゃうんだよ、きっと。そうなりゃあもう、大先生だって、みのるの掌の上だ。

さてさて、どういうことになるか、見せてもらおうじゃないの。のりこは、この屋敷で働くのが楽しくなりそうだと感じていた。それは初めてのことだった。

＊＊＊

佐和子《さわこ》は歓声を上げた。「見て。海」

しかし隣の洋司《ようじ》は、一瞬窓外へ目を向けただけで、すぐに正面に顔を戻した。

佐和子はハイテンションのまま続ける。「きれいねぇ。きらきら光って。あれは、かもめ？　そうね、きっと、かもめ。海といったらかもめだものね。やっぱり景色を楽しむなら、さっき乗っていた新幹線より、こういう在来線よね。ねぇ、あの雲、バナナみたいな形してるわ。そう思わない？」

洋司からはなんの返答もなく、雲を見ようともしない。

「もう、洋司ったら」と、佐和子は自分の肘で、洋司を軽く突くようにした。かけている眼鏡のブリッジを、洋司が人差し指で押し戻す。

佐和子は洋司にぐっと顔を近づけ、囁いた。「その眼鏡を押す仕草、好きよ」

たちまち洋司の頬が少し赤くなる。

可愛いんだから。

佐和子は微笑み、洋司の肩にしな垂れかかった。

胸に溢れる幸福感に、佐和子は酔いしれる。

この男とは上手くいく。

絶対、そう。

だって、私たちはこんなに深く愛し合っているんだもの。

佐和子にとって洋司は、今までの男たちとはなにもかも違っていた。会社で研究をしているという難しそうな仕事もそうだし、冷静な喋り方も、あまり変化のない表情も、佐和子にはそのどれもが新鮮だった。

今度こそ幸せになれる——。間違いない。やっと、運命の人に出会えたんだから。

興奮しているせいなのか、佐和子は暑さを感じ出す。

掌をぱたぱたと動かして、顔を扇ぐようにしてみるが、たいして涼しくはならない。

立ち上がり、窓の上部を開けた。

一気に風が入り込んできて、火照《ほて》った佐和子の身体を冷やしてくれる。

席に戻り「ん〜」と歓喜の声を上げながら洋司へ目を向けると、さっき赤くなっていた頰はいつもの色に戻っていて、なんだか残念に思う。

佐和子は足元のバッグから、ミカンを取り出した。皮を剝き、筋をきれいに取り除いて、洋司に差し出す。「はい」

洋司は受け取らず「寒いよ」と言った。

「あら、そう?」

佐和子は急いで窓を閉めた。

「君はいつもそうだね」洋司が口を開いた。「自分だけよければ、周りの人がどう思おうが、お構いなしなんだ。自分が暑ければ、窓を開けてしまうんだ。そのせいで、ほかの乗客が寒くなることを、君はまったく考慮しないんだ。暑ければ、そのセーターを脱げばいいじゃないか」

セーターの裾を下に引っ張る。「あら、そうね。気が付かなかったわ。脱ごうかしら。でも、そうしたら、髪のセットが乱れちゃうわねぇ。どうしよう。ねぇ、洋司、どうしよう」

洋司はうんざりして、佐和子から目を逸らした。

佐和子はなにかというと、洋司、どうしようと言う。その多くが、悩む必要性などまったくない程度のことだった。その癖、洋司が一つ意見を出したとしても、なんやかやと理由を並べて自分を曲げない。

足元の荷物だって、そうだ。

洋司は自分の荷物を網棚にのせた後、佐和子のも上げようとしたが、盗まれるから嫌だと言った。座席のすぐ上の網棚なのだから、もし盗まれそうになっても気付くさと指摘した洋司に対し、二人とも眠ってしまったら、盗まれてしまうと佐和子は反論した。そして、バッグは常に身体に引っ付けるようにしていなければ、盗んでくださいと言っているようなもんだわとも言った。ほかのことでは見せない用心深さが意外だったので、そう告げると、奪われたくなかったら、どんな時も目を離してはいけないものと答えて、笑った。

その時、自分もこれから先、どんな時も佐和子に見張られ続けるのだろうかという考えが浮かび、背筋がすっと冷たくなった。

佐和子はしばらくの間、セーターを脱ぐか脱がないかを、わざわざ口に出して迷っているといった演技をしていたが、やがて、案の定セーターは脱がない決断をした。

佐和子は一人ミカンを食べ始めた。

半分ほど食べたところで、目を窓外へ向けた。「わぁ、ねぇ、牛。牛がいる。牧場かしら。ねぇ、次の駅で降りてみない？　それで、牧場へ行くのはどう？」

「君はさっきから、まるで遠足に来たかのようにはしゃいでいるが、この状況をわかっているのかな？」

「……わかってるわ」

「君は、夫と子どもを捨てて、僕と逃亡中の身なんだぞ」

「……」

「いったい、どうやったら、次の駅で降りて牧場へ、という発想になれるんだ。君には罪悪感はないのか？　後ろめたさは？　こんなこと、僕が言うのは、甚だ可笑《おか》しな話だけどね。君があまりにはしゃいでいるから、僕はとても戸惑っているよ」

たちまち佐和子はしょげ返る。

洋司が強い口調で続けた。「こんなこと、僕はしたくなかったんだ。ちゃんと、君が離婚してから。それから、と思っていたんだからね」

「でも、洋司が転勤になったから……」

「僕のせいだと、君は言いたいの？」

「違う。違うのよ。ほんのちょっとも、離れたくなかったのよ。あの人が離婚を承諾してくれるまで、どれくらいかかるかわからないでしょ？　洋司と会えない日が幾日か続いたら、私生きていけないもの。それだけは、無理だと思ったのよ。落ち着いたら、あの人には手紙を書くつもり。その方が、あの人にはきっといいことよ。私から直接言われるよりね。申し訳ないなあって、そう思ってるのよ、私。あの人にも、あの子にも。本当よ」

洋司の瞳には、疑っているような色合いが浮かんでいた。

佐和子は狼狽《ろうばい》する。洋司に嫌われたくない。運命の人なんだもの。だけど……洋司に言われるまで、夫のことも、子どものことも、すっかり忘れていたなんて告白しちゃ、ダメなのよね。それじゃ、私が冷たい女と思われてしまうから。

こんな時どう話せばいいんだろう——。佐和子は必死で答えを探す。

今まで何度男と失踪しただろう。四回？　五回？　どんな時でも、後悔も罪悪感も覚えなかった。幸せになれるという昂揚感しかなかった。まずは、自分が幸せになりたかったから。でも洋司は、きっとそういう女を嫌う。

そうだ。夫は、それほど気にしていないということにしよう。満更嘘でもないし。

佐和子は笑みを浮かべてから話し出す。「あの人、まったく気にしてないと思うのよ。そういう人なのよ。またかって、思うぐらいじゃないかしら。そのうち、男と上手くいかなくなったら、戻ってくるだろうって、そんな風に考える人なのよ。ちょっと、のんびりしてるの」

「どうやら君は、何度も経験しているようだね。男との逃避行を」

慌てて洋司の腕に縋《すが》りつく。「違うのよ。そういうことじゃないのよ」摑んだ腕を左右に揺すりながら「意地悪言わないでぇ」と甘える。「今までの男は、皆間違いだったのよ。だけど、洋司は違う。たった一人の人。運命の人だもの。わかってるのよ、私には。なぁに？　もしかして、妬《や》いてるの？　そう？　ほら、正直に仰《おつしや》いよ。そうなの？　妬いてる？」

洋司はなにも答えず、佐和子から目を逸らした。

真面目臭った様子で正面を見据える洋司の姿が、佐和子には微笑ましかった。「照れちゃって、可愛いんだから」

洋司の肩に佐和子は頭を預けた。

＊＊＊

3

明子はキーボードから指を離した。

一つ息を吐き出してから、机に片肘をつく。

こんな風になるなんて——。

ひろ江の原稿は変わった。好きだとか、運命の人だとか、そんな言葉を、登場人物たちが気軽に話すようになった。

明子はなんだか急に気恥ずかしくなって、周りを窺った。

だが人の姿はなく、ひっそりとしていて、ほっとする。

明子は図書館でひろ江に頼まれた調べものをしていた。ついでに原稿の清書もしようと、持参したワープロで入力作業を始めたのだった。

最近はワープロを持ち歩くようになっていて、図書館や喫茶店などで入力することもあった。

それは——みのるのせいだ。

ひろ江のバースデーパーティーからおよそ半年。今では、みのるは週に一度程度、ひろ江の家にやって来る。のりこの予言した通りになったのだ。明子はみのるとどう接したらいいのかわからず、なにかと用を作っては、ひろ江の家を逃げ出した。それでも出くわしてしまうことは避けられず、先週午前十時頃屋敷に行った時には、ひろ江の寝室から出てきたパジャマ姿のみのると、鉢合わせした。明子は転げ落ちるように階段を下りて、自分の事務部屋に入ると鍵を閉めた。胸のドキドキは、長い間治まらなかった。

ひろ江が男性と付き合ったっていい。というか、今までそういう気配さえなかったことの方が、どうかと思う。そう、頭ではわかっているのだが……相手がみのるとなると、どうもしっくりこなくて、胸がざわざわするのだった。たとえ明子がしっくりこなくても、みのるが本気なら――多分、明子は精一杯二人を応援するだろう。だが……残念だが、そうとは思えなかった。野心のある若い男と、金と力をもっている年上の女。二人が付き合っているのは、女がもっているものを、若い男が欲しいから。よくある話だ。それをひろ江が承知のうえで付き合っているというのならいいのだが――そうは思えなかった。

昨日はクローゼットの前で、着る服を迷っているひろ江を見かけた。

それまで服装にまったく興味がなく、一番手前にあるものを着ていたひろ江が、どれにしようかと悩んでいた。明子は切なくなって、見なかったふりをして部屋を出ようとしたのだが、途方に暮れたようなひろ江の姿が目に入り、気が付いたら、グレーのセーターの方がいいとアドバイスをしていた。ひろ江は助かったといった表情で「それじゃ、こっちにするよ」と言った。その顔はきらきらと輝いていて、明子はそれ以上ひろ江を見ていられなくて、そそくさと部屋を出たのだった。

明子は再び長い息を吐き出してから、片付けを始める。

ワープロの電源を落とし、ひろ江の手書き原稿を束ねた。隅にクリップをはめて、ひろ江の文字に目をあてる。以前のような迷いや苦しみは感じられない。すらすらと升目を埋めているといった印象があった。万年筆のペン先を長く置いたせいでできる染みも、ほとんどない。だが……絶好調とも思えない。出来がいいとは決して言えないから。なにかが足りなかった。ひろ江の作品には、どんなに短いものでも、登場人物たちの息遣いが感じられた。登場人物それぞれの魂の震えのようなものが感じられたのだ。しかし、最近の登場人物たちには熱がなかった。以前、千絵が心配を口にした時にはすぐに否定できた明子だったが、今では同じように心配していた。

しかし編集者たちは、ひろ江の原稿を大絶賛した。素晴らしい。感動しましたと言って、大喜びで原稿データの入ったフロッピーを持って帰るのだった。

バッグを持ち上げ、書棚の間を進む。平日の昼間の図書館は空いていて、のんびりした時間が流れていた。

雑誌・新聞の閲覧コーナーの前を通りかかった時、初老の男性たちと、主婦らしき七、八人がスツールに腰掛けているのが目に入った。思い立ち、明子はそこに入っていくと、ラックから文芸誌を取り出し、スツールに座った。

文芸評論家、古谷剛太の書評ページを探す。

あった。取り上げられている新刊は四冊。だがそのなかに、先月発売したひろ江の新刊はない――。

やっぱりという思いと、どうしてという思いがぶつかる。

古谷はひろ江がデビューした時から、新刊が出る度にその作品を取り上げて、褒めてくれていたのだが。今度の新刊を古谷が取り上げないのは……古谷がひろ江の新刊を評価しなかったから――。違う。そうじゃない可能性もある。すでに有名になったひろ江の作品は、紹介しなくても売れるので、別の作家の作品を紹介しようと考えたんじゃない？　そうよ、そういうことだって、可能性としてはあるわ。明子はその可能性に縋《すが》りたかった。

パタンと音をさせて文芸誌を閉じた。

それをラックに戻し、なんとなく隣にあったファッション雑誌を摑んだ。パラパラと捲《めく》る。あっ……咲子だ――。咲子が八ページにも亘って特集されていた。海外と思われる景色の中で、咲子が乗馬をしている写真が掲載されている。見出しの『今の私の暮らし方』

という言葉に引っかかり、記事を読み始めた。

読み終えた時、明子はひろ江のように鼻を鳴らしそうになった。

インドを旅していた咲子は、ホテルのバーで出会ったイギリスの上院議員と恋に落ち、帰国する男と一緒にイギリスへ行き、結婚したとあった。その男が運命の人だったからと、咲子はコメントしていた。特集ページには、ロンドンの高級マンションの豪華な室内と、週末を過ごす別荘が紹介されていた。城のようなその別荘内の部屋や、広大な庭だけでなく、百年前から代々受け継いできたとする食器までが、これ見よがしに並べられていた。

そして最後のページには、由緒正しい家に嫁いだ外国人の女が、様々なカルチャーショックを受ける日々を描いた、咲子の新作小説の告知があった。

完璧なプロモーション。明子は思わず拍手をしそうになる。よくもまぁ、次から次へとドラマチックなことがおこること。私生活を切り売りするのも、いつか限界がくるだろうと思っていたが、未だネタ切れにはなっていないようだ。

咲子のように、ひろ江も男とのあれこれを、ネタの一つぐらいに捉えているなら……明子はため息を吐かずに原稿を清書できるのだが。

明子は図書館を出て、スーパーの前の歩道を進む。

スーパーの駐車場の空きを待つ車が列を作り、一つの車線を塞いでいるのを見て、明子は今日が特売日だったことに気付く。寄って行こうかと考えたすぐ後で、のりこに頼めばいいと思い直した。

駐車場の端には、歩道に沿って同じデザインの小店舗が並んでいる。それらは花やクレープなどの専門店で、駐車場側からだけでなく歩道側からも買えるため、時には歩道でも渋滞が起きるのだが、今日は大丈夫だった。

そうした店の一つで明子は足を止め、ショーウインドーを覗き込む。

その瞬間、明子の胸は射抜かれた。

そこには、ぬいぐるみのような姿をしたウサギがいた。

運命の人と出会った時には、以前どこかで会ったような懐かしい気持ちになると、誰かの小説に書いてあったっけ。まさにこのウサギに、明子は懐かしさを感じた。咲子の運命の人は上院議員で、自分はウサギだというのが、少し情けなかったが。

明子は指先でウインドーを叩いたが、中のウサギは反応しない。耳と顔と足元がダークブラウンで、それ以外は白と薄茶のまだらの毛色だった。長い毛足がふわふわしていて、それを撫でてみたいと強く思った。

「ジャージーウーリーって言います」

どきっとして明子が振り返ると、ペットショップの店員らしき女が微笑んでいた。

「そのウサギの品種です。ジャージーウーリー」女が説明をした。

「ジ、ジャージーウーリー」なぜか、明子はその言葉を繰り返す。

「優しくって、おとなしい性格の品種ですから、飼い易いですよ。それに、ウサギは犬や猫と違って、鳴かないですしね」

明子が黙っていると、「よかったら、抱っこしてみませんか?」と女が言った。

それから後のことは……どうかしていたとしか思えない。

気が付いた時には、ペットショップのバンの助手席に乗っていて、明子の膝には、ウサギの入ったキャリーバッグがのっていた。

ひろ江の家の勝手口に、ペットショップの店員を案内し、ランドリールームの隅にケージを設置してもらった。

のりこは新しい家族を可愛いと言っていたくせに、通りかかったひろ江が、「なんだ、それは」と言った途端、姿を消した。

ひろ江は壁に手を当て、明子を見下ろした。「すると、なにかい? 一目惚れしたとかいうウサギを、私に確認することなく、衝動買いして、だけど自分が住んでいるマンションじゃ、ペット禁止だから、ここで飼うと。そんな勝手なことを、あんたはしようとしてるってことかい?」

「……」

「呆れたね。生き物をなんだと思ってるんだよ。この家の主の私のこともだよ。どうして、私の了解も得ずに、勝手に買ってくるんだよ。明子に任せてることはあるよ。私の判断を仰ぐ必要もないようなことはね。だけど、これは、そういう類《たぐい》のものじゃないだろうが。今すぐ返しておいで」

「あの、本当にごめんなさい。ひろ江ちゃんに、まずは相談すべきだったたって思う。本当に。でも、可愛いでしょ? ここで飼いたいのよ。ひろ江ちゃんは、勿論なにもしなくていいのよ、私が面倒見るから。ここじゃ目障りだっていうなら、私の事務部屋に置く。それならいいでしょ? 鳴かないから、執筆の邪魔をしたりしないし」

「獣の臭いがする」

「消臭スプレーを使うから。だから、お願い」顔の前で両手を合わせる。

「嫌だよ。なんだって、ウサギなんだよ。犬とか猫とか、鳥だったら考えてもいいけどさ。ペットとしての価値が低いだろうが。犬みたいに人懐っこいとか、そういうの、ないだろ? 猫だって、我が儘な友達のような存在感ってのがあるから、ペットとしての価値があるんだよ。鳥だってそうだよ。あの煩《うるさ》い鳴き声を、歌声だって解釈すりゃ、飼う価値が生まれる」ひろ江は首を伸ばして、ケージの中のウサギを覗いた。「だけど、ウサギはダメだね。懐かないだろ。心を開かないいんだよ」

「そんなことないって。今は新しい家に来たばかりで、怯えているだけよ。馴染んでくれば、懐くって」

「明子は世話をしたい病だね。世話を焼きたがる病気だよ。あれこれ世話を焼いていると、安心するんだろう。自分が必要とされていると錯覚できるから。だけど、それ、勘違いかもしれないと、考えたこと、あるのかい？　餌をやって、水をやって、そうしてりゃ、世話を焼いている明子は幸せかもしれないが、そっちのウサギにとっちゃ、甚《はなは》だ迷惑かもしれないってことをだよ。そんな狭いところに押し込められてんだからさ、ウサギは。どれだけ看守に優しくされたって、牢に繋がれてる囚人が本当に望んでいるのは、自由になることなんだから」

明子が目を見開いた。その瞳は徐々に翳っていき、傷ついたといった表情になる。そんな明子に、ひろ江はうんざりした。

最近の明子は、どこまでは自分のテリトリーで、どこから先がひろ江のテリトリーなのか、わからなくなっているようだったので、はっきりさせるいい機会だった。色々と手伝ってもらっていることはあるが、ひろ江の人生を、明子に託したわけではないのだから。

「どうしたの？　こんなところで」

みのるの声がして、明子は顔を上げた。

みのるがするりと部屋に身体を入れてきて、明子とひろ江の中間あたりに立った。

ひろ江から話を聞いたみのるが、ケージを一瞥した後で床に胡坐《あぐら》をかいた。「そっかぁ。明子ちゃんは、この子が気に入っちゃったんだね。どうしても、飼いたいんだね？」

明子は素直に頷けず、じっとしていた。こんな風にみのるに割り込まれたくない。そう思う一方で、もしみのるが自分に味方してくれたら、ひろ江は折れてくれるような気もした。みのるへの想いを利用することが、明子が世話を焼きたがる病気だと言った、ひろ江への仕返しになるような意地悪な気持ちもあった。

みのるがひろ江に尋ねる。「今までに、明子ちゃんがこんな風に、ひろ江さんに熱心に、なにかを頼んだこと、あった？」

ひろ江が腕を組み、嫌そうな顔をした。

「その顔は、ないんだね？」とみのるは言って、ひろ江にはわからないように首を曲げて、明子に一つウインクをすると、すぐに顔を戻した。「ずっと長い間、ひろ江さんを支えてきてくれた明子ちゃんが、これほど熱心にお願いしたことは、一度もなかったんだね？

ねぇ？　ねぇってばぁ。ちょっとぉ、聞いてるぅ？　もしもーし」

「あぁ、もう」面白くなさそうな顔でひろ江が言う。「わかったよ。なんだよ、二人して。消臭スプレーをかけまくるんだよ」

ひろ江が腕を組んだままの格好で、部屋を出て行った。

あっ……オッケーしてくれた――。良かったぁ。この子と別れなくて済む。

明子は胸を撫で下ろし、ウサギに向けて微笑んだ。

みのるが明子の背中を軽く叩き「良かったね」と言った。

明子は急いで「ありがとう」と礼を述べた。「味方になってくれて」

みのるはもう一度ウインクをしてから、部屋を出て行った。

見送る明子の胸は、少しだけざらついた。

少しして、リビングの方から明子の名を呼ぶひろ江の声が聞こえてきた。

リビングに行ってみると、ひろ江とみのるがソファに向かい合って座っていた。

ひろ江がリモコンを真っ直ぐエアコンに向け「スイッチを入れようとしたら、変なランプが点滅し出した」と説明してくる。

ひろ江の言う通り、エアコンの左にある表示板で、赤いランプが点滅している。

リモコンを受け取った明子は、一旦電源をオフにしようとしたが、それもできなくなっていて、赤いランプが点滅を続けるばかりだった。

明子は戸棚を開けて、エアコンの取り扱い説明書を探し始める。

背後でみのるの声がした。

「八月にさ、うちの劇団の定期公演があるんだけど、そこで、ひろ江さんの『消えた風景』をやりたいんだよね。僕が主演で。舞台化していいでしょ？」

胸に痛みを感じて、明子は手を止める。とうとうみのるが本性を現した——。

去年の三月に発表した『消えた風景』は、まずまずの発行部数になり、映像化も舞台化のオファーもきていたが、どこに託すかはまだ決まっていなかった。届けられる脚本はどれも、ひろ江が求める水準に達していなかったからだった。その『消えた風景』の舞台化を、脚本も用意せずに、みのるは自分にやらせてくれと言っている——。自分は特別だから。ひろ江と関係をもっているから。そうみのるは言っているのだ。

明子はまるで自分が侮辱されたかのように傷つき、涙が零《こぼ》れそうになる。

みのるが続ける。「うちの劇団、小さいからさぁ、やっぱり、インパクトのある作品とか、話題性のあるものじゃないと、客、来ないんだよねぇ。『消えた風景』は凄く話題になったでしょ？　それの初舞台化ってことになれば、絶対、たくさんの人が来てくれると思うんだよね。ね、いいでしょ？」

ひろ江の声は聞こえてこない。

ひろ江が可哀相——。胸にはひろ江への同情が溢れているのだが……ほんの少しだけ、いい気味だと思ってもいた。どうしてそんなことを思うのか、訳がわからなかった。さっきのひろ江の言葉のせいだろうか。

「明子ちゃん」

みのるから呼び掛けられて、振り返った。

するとみのるが「明子ちゃんからも、ひろ江さんに頼んでくれない？」と言ってきた。

それって……さっきのお返しをしろということだろうか。

明子はみのるからひろ江に目を転じた。

あぁ……。ひろ江は耐えていた——。衝撃に。痛みに。そしてそれを、必死で隠そうとしていた。今起こっていることは、なんでもないことだとするために、平静に振る舞おうとしている。精一杯。

明子が言葉を失っていると、痺《しび》れを切らしたのかみのるが言い出した。「明子ちゃんの応援がなくたって、僕頑張るからね。ひろ江さんが、うんと言ってくれるまで、諦めないよ。ひろ江さーん。頼むよー。知り合いの脚本家に、素晴らしい台本を書いてもらうからさ。もし気に入らない箇所があったら、アカ、入れてていいから。だからさぁ、舞台化、いいよね？」

甘えるようなみのるの声を聞いているのが耐えられなくて、明子は耳を覆いたくなる。

しばらくしてひろ江が口を開いた。「わかったよ」

「やったー」みのるが大声を上げる。「ありがとう、ひろ江さん。必ず、素晴らしい舞台にするから」

明子は二人に背を向けた。

そして説明書探しに夢中になっているふりをした。

4

「す、素敵なお店ですね」明子は映画制作会社のプロデューサー、安保真也《やすほしんや》に感想を告げた。

「気に入っていただけたなら、良かったです」腕時計に目を落とす。「午後八時になると、生演奏があるんですよ。今夜は四重奏のはずです。確か、明子さんのご主人は、チェロがご趣味でしたよね？」

「よくそんなことを。私、そんな話をしましたか？」

「はい。映画の挿入音楽について話が出た時に。明子さんが詳しいので、そう申し上げたら、ご主人の話をされて、よく家で聴かされているからといったことを仰っていたもんですから、今夜ここを選んだんですよ」

「そうだったんですか」

随分と細やかな心配りができる人だと、明子は感心する。それに比べて、安保の隣に座っている若林一男《わかばやしかずお》の気の利かなさといったら、途方もなかった。編集者としての能力も相当に低いようで、ひろ江は毛嫌いしている。それで「三回死ね」とか「頭、悪いな」「あんたほど想像力のないやつが、小説を読んだって意味がない」などと、若林に言い続けている。それは前任者が異動して若林が新担当者となって以来ずっと。そんな若林がこの会食に同席しているのは、安保が映画化を希望している『消えた風景』を発行したのが、彼が働く出版社だったからだ。

明子の隣に座っているひろ江は、今、皿のレタスと静かに格闘をしていた。ドレッシングで滑る皿の上で、残り僅かとなったレタスをフォークで捉えるのが難しいようだった。明子は手伝ってあげたくなるが、場所をわきまえて我慢する。

安保が言う。「先生、先週提出させていただいた脚本は、いかがでしたか?」

「前回のと随分変わったね」

「はい。脚本家を変えましたので」

レタスを諦めたのか、フォークを置いた。「読んだなかでは、割とましな方だと思ったけど、まだ甘いね」

「どういった点でしょうか」

ひろ江がいくつかの点を挙げて、小説の世界観との違いを指摘した。

真剣な表情でひろ江の話を聞き終えた安保が「ありがとうございます。ご指摘を、すぐに脚本に生かします」と宣言する。「たくさんのところが、この作品の映画化を望んでいると思うんですが、どうでしょう、うちは。トップ集団の中で走ってますでしょうか？」

「集団じゃあないね、もう。トップ争いをしているのは、二人の選手だけだ。そちらさんと、もう一つ、別のところの選手、二人。後続の集団を大きく引き離しているから、どっちかになるんじゃないかね」

安保が明子を見つめてきたので、小さく頷くことでひろ江の話を肯定した。

安保が尋ねる。「どうしたら、うちがゴールテープを切れるでしょうか？」

ウエイターがやって来て、全員の皿を片付ける間、ひろ江は黙っていた。

ウエイターが消えてから、やっとひろ江が口を開いた。「そちらさんは、キャストはどう考えてるの？」

構想段階なので決まったわけではないと念を押した後で、安保が四人の俳優の名前を挙げた。

すると「主演を安藤みのるにするというなら、そちらさんで決まりだよ」と、ひろ江が言った。

明子の胸に痛みが走った。

安保が「みのる君ですか」と呟いた。「舞台版で主演するんでしたよね、来月でしたか。そうですか、映画もってことですか？　いい俳優さんですよね。めきめきと腕を上げている印象がありますよ。ただ、どうなんですかねぇ？　映画の主演ってことになりますと、どうしても、集客力があるかどうかということが、大事になってきましてね、みのる君だと、ちょっとまだまだかなぁと。その点、横田《よこた》さんか、今挙げた三人のうちいずれかでしたら、こっちとしては安心なんですが……」

安保が探るような目をひろ江に向ける。やがてその目を明子に転じた。

明子はどんな顔をしたらいいかわからず、ただ見つめ返す。

ややあってから安保が「わかりました」ときっぱりとした口調で表明した。「主演をみのる君にします。ですから、先生、映画化はうちでお願いします。決まり、ですよね？」

「決まりだ」とひろ江が答える。

「いやぁ、良かった。ありがとうございます。最高の映画にしますよ。頑張ります」と興奮気味に安保が言った時、ウエイターが次の料理を運んできた。

そのウエイターに合図をした安保が、若林に向かって「御社も、それでよろしいんですよね？」と確認する。

若林が驚いたような顔をしてから「あっ、はい」と答えた。

一旦姿を消していたウエイターが戻って来た時には、両手に二つの手提げ袋を提げていた。

その袋を受け取った安保が、中から本を取り出した。「実は、今夜、先生からゴーサインをいただけるんじゃないかと、そんな予感があったんですよ。それで、プレゼントを用意してましてね。たいしたもんじゃなくて恐縮なんですが。先生がお好きだという作家の全集です。これは第一巻で、あとの九冊もここにありますが、重いので、お宅にお送りするまで、私が預からせていただきます。大事なこと、言い忘れてました。初版本で著者のサイン付きです。それから、これは、明子さんに。白い花がお好きだと小耳にはさみまして」

明子は安保から百合の花束を受け取った。

するとひろ江が言い出した。「明子は白い花は好きだが、百合だけは嫌いなんだよ」

「えっ」安保が目を見開く。「本当ですか？」

「え、えっと、いいえ、そんな、大丈夫です。ありがとうございます」と、明子はしどろもどろに答える。

「それは、それは、大変失礼いたしました」と安保が謝るので、明子は申し訳なくなってしまう。

もう。どうして、そういうこと、言っちゃうんだろう。黙ってればいいのに、と明子はひろ江を恨めしく思う。

ひろ江が指を折りながら言う。「明子が一番好きなのは、白いバラなんだよ。特にエレガンスっていうバラ。あと、ファウンテンスクェアーも好きなんだ。白いのね。それから、カルトブランシェ。あと、リボンにも気を配らなくちゃいけないよ。明子はリボンに煩くてね。パッケージとちゃんと合っているかとか、太さとかデザインとか、そういう色々なことが気になるようだからね。覚えておいて」

「わかりました」と元気よく安保が答えた。

意外に思って、明子はひろ江を見た。どうしてそんなこと、知ってるんだろう。ひろ江は明子のことには、まるで関心がないと思っていた――。

ついこの前、二人でデパートに行った時のことが、明子の頭に浮かぶ。ひろ江はほとんど迷わずに、みのるにプレゼントする高級腕時計を買った。それは、みのるの好みを完璧に把握していたからできたこと。あの時、明子は少し嫉妬をした。

だが……ひろ江は明子がなにを好きか、なにを嫌いかも知っていた――。

そんなことで心が弾んでいる自分に、明子は驚いていた。

5

キッチンで明子が紅茶の準備をしていると、のりこが「あらっ、お客様ですか?」と言ったので、庭にいるひろ江のためだと答える。

のりこが冷蔵庫を開けながら「最近は、すっかりお客さんが減りましたね」と口にした。

「たまたまよ」と明子は取り繕う。

のりこが話す。「みのるさんも、すっかりお見限りじゃないですか。まぁねぇ、こうなることは、わかりきってたって言っちゃうと、あれですけど。よくもった方じゃないですか? 一年半ちょっとでしたか? ここに来てたのは。若くてあんなに格好いい男と、一年半も付き合えたってだけで、女冥利につきると思いますよ、私は。先生は――今年で四十一歳でしたっけね。四十一歳で随分といい夢を見ましたよ」

「のりこさん、帰ってちょうだい」

「えっ？　今日はもうよろしいんですか？」

「あ、明日も明後日も。二度と来ないで結構です。クビです。今日までのお給金は、振込みますから」

明子はぽかんとしているのりこを急《せ》き立て、勝手口から外に押し出した。

ドアを閉め、すぐに鍵をかける。

なによ。馬鹿にして。あー、せいせいした。あんな家政婦、いらないわよ。中途半端な仕事しかしないくせに、口ばっかり達者で、いらないことばっかりぺらぺら喋るんだから。

明子は気持ちを落ち着けるため、深呼吸をしてから、トレーを持ってキッチンを出た。

応接室の窓越しに庭へ目を向けると――ひろ江の背中があった。

思わず、明子は息を呑む。

あんなに小さかっただろうか、ひろ江の背中は……。

羽織っているタータンチェックのブランケットのせいで、小さく見えているのだろうか。

それとも……。

のりこが指摘した通り、みのるはすっかり顔を見せなくなっていた。七ヵ月ほど前にみのるが主演した『消えた風景』の舞台は評判が悪く、客入りも予想を下回ったと聞いている。舞台稽古を見学していた明子が、途中退屈してしまったぐらいの出来だったので、そうした結果は当然といえば当然だった。この舞台の失敗のせいなのか、別の理由からなのか、映画化の話も頓挫してしまったようで、安保からは音沙汰がない。大金が必要な映画の世界では、途中で企画が止まってしまうのはよくある話だとわかってはいても、いい気はしなかった。幸か不幸か、安保とは未だ正式な契約書を交わしていなかったので、もう少し待っても動きがないようなら、別の制作会社での実現の可能性を探るべきかもしれない。『消えた風景』を映画化したいと言ってきていたのは、ほかにもたくさんあったのだし。まだ、有効よね？　あの申し出は。もう興味がなくなったりしていないわよね。大丈夫よ。大丈夫に決まってる。『消えた風景』はまずまず売れたのだから。

心配なのは、先々月に発売した新刊の方だった。辛辣さがウリの書評家からは、酷評されてしまった。樺山ひろ江の時代は終わっただとか、すべてを出し尽くしてしまったのだろうとか。

正直、明子も清書した時には、あまり面白い小説だとは思わなかった。難しいテーマに取り組んだ作品だったので、好みが分かれるだろうとの予想はしていた。しかし、書評家にそこまで悪く言われるとは、思ってもいなかった。

さらに気掛かりなこともあった。原稿をくれくれと騒いでいた編集者たちが、「次」という言葉を言わなくなったのだ。連載が終わり、それを単行本で出したら、次の連載を申し込んでくるタイミングだと思うのだが、なにも言ってこない。気が付けば、連載はどんどん終了していき、今では一つだけになってしまった。これは、本の売り上げが減っているせいなのだろうか。

今ではインタビューの申し込みも滅多になく、来訪者数は激減した。これはなんとも寂しいことではあったが、一方でひろ江にとっては執筆に集中できる環境になったともいえる。以前のように習作に励んでくれるなら、明子の心配も小さくて済むのだろうが、当のひろ江はぼうっとしている日が多かった。まったく原稿用紙に触れない日さえあった。

明子は庭に下りて、ひろ江に近づいた。

ひろ江の背後から回り込み、テーブルにトレーを置いた。「今朝、チューリップが咲いたわ」

ひろ江はなにも答えず、明子が紅茶をカップに注《つ》ぎ分けるのを、ぼんやりと眺める。

ひろ江の前にカップが差し出されたので、ブランケットの間から手を伸ばし、柄を摘まんだ。

ひと口啜ったが、あまりに熱くて、すぐにカップを戻した。

明子が隣の椅子に座ろうとする途中で、急に身体を硬くしたのがわかった。視線の先には今朝の新聞があったので、明子も知っているのだと、ひろ江は理解する。

今朝の新聞には、咲子が大きな文学賞を取ったと報じられていた。

その記事を読んだ時、ひろ江はショックを受けた。咲子が受賞したことにではない。咲子が受賞したと知っても、なんとも感じない自分に衝撃を受けたのだ。作風はまったく違うし、咲子を作家と認めてもいなかったが、なにかと比較されてきたので、その動向には注目していた。その咲子が受賞したと聞けば、嫉妬や羨望を抱くのが当然だし、ひろ江の胸にある火が燃え盛るはずだった。だが、心は凪《な》いでいた。それで気が付いたのだ。すでに胸の火が消えていたことに。

書くことが生きることだった。それがすべてだったはずなのだが――。

苛立ちも焦りも不安も、今はない。むしろほっとしているような感覚さえあった。解放されたのだ。売り上げ目標をクリアできるだろうかとの不安や、締め切り日までに原稿を上げなくてはいけないプレッシャーから。

明子が怒ったような顔で呟いた。「新聞、捨てるように、のりこさんに言ったのに」

それからすぐに「ついさっき、のりこさんはクビにしたわ」と、明子が続けた。

ひろ江が「クビかい？」と確認すると、「そうよ、クビ」と答えた。

明子が皿に手を伸ばし、クッキーを摑む。「この不味いクッキーも、これで最後よ。この不味いクッキーを焼く人がいなくなったから」ひと口齧る。「こんなに不味いクッキーも、これで最後だと思えば、なんとか食べられるもんね」

ひろ江もクッキーに手を伸ばした。

明子が言うほど不味くはないが、パサパサしていて柔らかく、食べているそばから零れてしまう。

このクッキーが原因ではないだろう。クビになるような、どんなことをのりこはしでかしたのか。ふと、ひろ江は気が付いた。のりこがどんな人物か、なにも知らないということに。家族はいるのか、どこに住んでいるのか、どうして家政婦の仕事を選んだのか――。何年ぐらい前から来ていたのかも、定かではなかった。

明子が言い出した。「もうすっかり春ね。チューリップは咲いたし、姫《ひめ》の毛も夏毛に全部生え替わったし。季節はちゃんとやって来て、次へと進んでいくわね」

ひろ江はクッキーを食べながら、明子のお喋りを聞くともなく聞く。ウサギの姫の体調のこと、庭で見かけた鳥のこと、駅前にできたフィットネスクラブのこと。

ネタがなくなり、明子は口を閉じた。

たちまち二人は静寂に包まれる。

と、明子は急にその静けさにうろたえてしまい「みのる君は、地方ロケにでも行っているの？」と口にしてしまう。

膝に落ちた食べかすを掃《はら》うような仕草をみせたひろ江が、ブランケットを羽織り直した。その瞬間、ひろ江の身体がさらに一回り小さくなったように、明子は感じる。

「みのる君から連絡はあるの？」と明子は重ねて尋ねたが、なんの返事もなかったので、

「ひろ江ちゃんから連絡してみたらいいんじゃない？　ひろ江ちゃんからの連絡を、みのる君は待っているのかもよ」と言ってみた。

なにを言っているのだろう、私は。明子は自分が発した言葉に、驚いてしまう。まるで、ひろ江とみのるの関係が続くのを願っているかのような発言だった。明子はそれを願ってはいない。ただ……ひろ江が小説を書くのに、みのるが必要だというならば、調達してあげたかった。ひろ江には書き続けて欲しいのだ。胸を震わせるような小説を。

だが、明子はみのるをここに連れてくることはできない。明子がどれだけ懇願しても、みのるは聞き入れないだろう。ひろ江の利用価値はもうないと、みのるが判断を下していたなら、それを覆せはしない。

ただ……もしかしたら、みのるにも情が残っているかもしれないとも思ってしまう。ひ

ろ江が心から頼めば、ここにまた通ってくる可能性はゼロではないような、そんな気がしてしまうのだ。

しかし、ひろ江は決してそんなことはしないだろう。ひろ江はこうやって、ただ耐えるのだ。ブランケットを纏って。どんなに辛くても。心から血を流していても。

負けないで。明子は心の中で、ひろ江に声を掛ける。みのるへの想いなんかに。書評家のコメントや、映画化が進まないことにも。

ひろ江の手がブランケットの間から伸びてきて、カップを摘まんだ。

明子は、ひろ江の右の中指にあるペンだこにじっと目をあてた。

＊＊＊

「別れてくれない？」

芳子の言葉に、聰子《さとこ》が振り返った。

「あら、芳子ちゃん。お早う。ちょうど良かったわ。今日から新しい衣装なの」立ち上がり、くるりと回った。「これ、どう思う？」

楽屋の入口に立つ芳子は、顔を顰《しか》める。「いくらステージが客席から遠いからって、そんな若作り、無理し過ぎ。客から同情が欲しいんだったら別だけど」

目を丸くしてから、すとんと椅子に尻を付き「衣装はこれぐらい派手な方がいいのよ。地味な格好の歌手なんて、つまらないじゃない」と言って鏡台に向き直った。

芳子は尖った声を上げる。「ちょっと。あたしの言葉を無視するわけ？」

「あら、なんのこと？」と、鏡越しに尋ねながらメイクを始める。

「だから、別れてくれって、そう言ったでしょ、あたし」

「別れる？　誰と誰が？」

「あんたに、亭主と別れて欲しいって、頼んでんのよ」

「あらっ。どうして？」手を止めた。

「どうしてって。あんたの亭主と、あたしはできてるからよ。愛人っていうのは、二番目ってことだからさ。二番目なんて嫌なんだよね。だから、邪魔なわけ、あんたが」

「それ、お芝居の練習かなにか？　違うの？　本気で言ってるの？　あの人と芳子ちゃんが？　まあ、ちっとも知らなかったわ」

聰子の言い草に芳子は呆れる。座員全員が知っているあたしたちの関係を、妻である聰子がまったく知らなかったって？　白々しい。わかっていたに決まっている。聰子の前で、わざと関係を匂わせることを何度もしてきたし、わかっていたからこそ、あたしの話を無視しようとしているんだろうに。

聰子がメイクをしながら鼻歌を歌い出す。

その能天気さは、芳子をさらに苛立たせた。

「ちょっと」芳子は部屋に一歩足を踏み入れる。「返事はないわけ？　別れてって言ってんのよ、こっちは」

「別れないわよ」

あっさりと出された回答に、芳子はたじろぎ、一時の間が生まれた。

だが、すぐに「なんでよ」と食って掛かった。

「なんでって」鏡越しに芳子を捉え「愛しているからよ」と聰子は答えた。「あの人も私を愛しているし」

「愛してる？」乾いた笑い声を上げる。「だったら、なんであたしと関係をもつのさ。もう古女房には飽きたんだよ。とっとと別れてやるのが、大人の優しさってもんじゃないの？」

聰子はしばらくの間じっと芳子を見つめてから、立ち上がった。

横のラックにかかっていたキャペリンを取り、頭に被る。

何度かやり直して、ここという場所を見つけると、ピンで固定した。帽子から出る髪にブラシをあて、カールのボリュームを調整する。

聰子は自分の豊かな髪が自慢だった。幼い頃はまとめるのが大変で嫌いだったが、付き合い始めた男から褒められた瞬間に、優越感を得られるものと変わった。その男は、ほかにも色々褒めてくれた。それは、自分では気付かなかった、新たな魅力の発見に繋がった。その一つが歌だった。声がいいと褒めてくれた。歌は練習すれば上手くなるが、声は持って生まれたもので、どうすることもできない。いい声とは、美しいか、汚いか、澄んでいるか、濁っているかではない。説得力があるかどうかが大事で、伝える力がある声を、いい声というのだと男は語った。

聰子は男の言葉を信じて歌手になり、男の妻となった。

決して大きなステージではないが、大勢の人の前で歌える毎日は、聰子にとっては心躍るものだった。たとえ夫の女癖が悪く、芳子のように別れてくれと言ってくる女が、引きも切らなくても。

時に、訳知り顔で、聰子に同情を寄せる風情で近づいてくる人がいた。そんな時聰子は笑い飛ばす。夫の今度の女が、どんな女であっても、自分には関係のないこと。気になんかしない。愛人同士が喧嘩し出した時でさえ、聰子は平気な顔でその様子を眺めていただけだった。

夫は自分の才能を見つけてくれ、ステージを用意してくれた。それだけで充分。夫に文句の一つも言ったことはない。夫に自分と別れる気のないことは、よく承知していた。それは、夫の瞳を見ればわかる。自分への愛がしっかりと刻まれているから。

だから私はいつも機嫌がいい。

出番の前に愛人が楽屋で喚《わめ》いていても。

気が付いたら、聰子は鼻歌を歌っていた。

そこへ、下働きが顔を出して「お願いします」と声を掛けてきた。

聰子は下働きに、ひらひらと手を振って応えた。

姿見に全身を映し、新調した衣装をチェックする。いい感じ。

「なんで、そんな平気なふりをするのよ」と、吐き捨てるように芳子が言った。

腹のあたりにできた衣装の皺を伸ばすようにして、聰子は答える。「ふりじゃないのよ。平気なの、私は」

「嘘だね」

「嘘じゃないわ。芳子ちゃんにはわからないと思うけど、私とあの人は特別なのよ。私たちだけの関係があるの。だから、あの人に新しい愛人ができたって、どうってことないのよ。もう行かなきゃ、出番だから」

聰子は芳子の脇を通過し、通路に出た。

くるりと振り返ると、聰子は尋ねた。「あの人が、私と別れると一度でも言った？」

芳子は唇を噛み締める。

「言うわけないわ」聰子が歌うように節をつけて声にした。「あの人、私と別れる気、まったくないもの。私を追い出すことに躍起《やっき》になるより、自分が追い出されないように注意なさいな。二番目のつもりが、あっという間に三番目か四番目になってしまうようよ。今まで、だと」

鼻歌を歌いながら聰子が去って行った。

芳子は拳を強く握りしめ、身体を震わせる。

なんであんなに自信たっぷりなのよ。あたしの方が綺麗だし、若いのに。もっとびくびくしてなさいよ。あの人は別れるとは言ってはいないけど、まだ言ってないだけで、本心では、もうとっくに古女房には見切りを付けているんだから。そうに決まってるんだから。あたしを選ばないわけないんだから。あたしは二番は嫌なんだ。一番の女じゃなきゃ。あたしはもっと上を目指してる。あの人の妻の座に納まりたいわけじゃない。だけど、こんなところで二番手に甘んじていたら、もっと上になんていけやしない。とにかく聰子を追い出さなきゃ。

たいした歌手でもないくせに、年に不釣り合いな派手な衣装を着ちゃって。見せられるこっちの方が、極《き》まり悪いっていうのさ。

芳子は大股で鏡台に進むと、ゴミ箱を持ち上げた。

そして、台にのっていたたくさんのメイク道具を、手で掻き集めるようにしてそのゴミ箱に捨てる。

一気にゴミ箱が重くなり、床に戻した。

中で瓶同士がぶつかる音がした時、ほんの少しだけ芳子の気が晴れた。

＊＊＊

明子はカセットインクリボンを巻き戻す。

ペンの尻をカセットの穴の一つに差し込み、一定のリズムになるよう注意を払って回していく。少しでもリズムがずれれば、インクテープが弛《ゆる》んでしまう。この弛みによって、インクリボンが切れたり、カセットが空回りしたりしてしまうのだ。

無事に印刷できるよう祈りながら、カセットインクリボンをセットし、開始ボタンを押した。

6

滞りなく印刷できた三枚の紙を手に、事務部屋を出た。

ランドリールームに立ち寄り、ケージの中にいる姫の様子をチェックすると、思いっきり伸びをしているところだった。最近太り気味なジャージーウーリーを、後で運動させようと、明子は頭の中の予定帳に書き込む。

キッチンでの支度を終えてから、ひろ江の寝室に向かった。

ドアをノックすると、中から声が聞こえてきたが、なんと言っているかはわからない。

明子は構わずドアを開けた。

ひろ江がベッドに横になっていた。

明子はそのベッドの足元を回り込み、サイドテーブルにトレーを置くと、カーテンを開けた。

九月の雨が庭を濡らしている。今日は朝からずっと雨が降り続いていた。そのせいだろうか。こんなに物悲しいのは。

ベッド脇の椅子に明子は腰掛けた。

すぐにひろ江が、自分の目元に腕をのせて「眩しいよ」と文句を言った。

「体調はどう？」と明子が尋ねると、ひろ江が腕で目を覆ったまま「悪い」と答えた。

明子は「原稿をワープロ入力したの、ここに置いておくわね」と告げる。

ひろ江の連載はなくなり、今はぽつりぽつりと習作をしているだけなので、急ぐ必要もなかったのだが、なんとなく寝室にまで持ってきてしまった。

明子はリンゴの皮を剝き始める。

剝き終えたリンゴに、フォークを突き刺す。「ひろ江ちゃん、リンゴ。食べて」

「欲しくない」

「なにか食べないと、体調良くならないわよ。昨日だって、ほとんど食べなかったでしょ？　だったら、魚肉ソーセージは？　それもいらない？」

ひろ江が腕を少しずらしてこっちを探ってきたので、明子はエプロンのポケットに忍ばせていた魚肉ソーセージを、左右に振ってみせた。

ひろ江がゆっくり身体を起こし出したので、明子はそれを手伝ってやり、背中とヘッドボードの間に枕を押し込む。「魚肉ソーセージ一本につき、リンゴ一個よ。セット。ソーセージだけはダメだからね」

なにも言わず、ひろ江が魚肉ソーセージのフィルムを剝がし始める。

ひろ江のこんな姿――見たくなかった。昨日の新聞が原因だろう。

週刊誌の広告欄を見たのよね。明子は心の中でひろ江に話し掛ける。

そこに、みのるが同じ劇団の先輩女優と婚約したという記事タイトルがあったせいよね。先月、ひろ江ちゃんのバースデーパーティー兼花火大会見物への参加者が、五人だけだった時だって、そんなに酷く落ち込んだりしていなかったじゃない。なのに、みのるのニュースを知った途端に寝込むなんて……。切ないよ、私。でもね、もっと切なかったのは、先週。ずっと昔のスクラップブックを、ひろ江ちゃんが見ていた時。読んでいたのは、デビュー作の書評記事よね。素晴らしい作品だって褒められた記事を、読みたかったの？　もう十三年も前のことなのに。今後が期待できる作家だって、太鼓判を押されてたのよね。それで、確認したかったの？　自分の才能を。

ベッドの上でのた打ち回るんじゃなくて、原稿用紙の上でもがいて欲しいのよ。もがいた中から素晴らしい作品が生まれるの、私、知ってるから。何度も見てるから。だから。辛辣なところがあるのよね、ひろ江ちゃんの小説って。でも、ちゃんと優しさもある。この二つが同居している小説なんて、そうはないと思うの。それ、ひろ江ちゃんの個性よ。個性を忘れないで。きっと、きっと、いい小説が書けるって。

ひろ江が魚肉ソーセージを食べ終わったので、明子はそのフィルムとリンゴを交換する。リンゴを見下ろし、ひろ江は尋ねた。「蓄えはどれくらいある?」

明子が驚いたような顔をした。「貯金ってこと? えっと、なんで?」

「収入がないこんな状態を、あとどれくらい続けられるのかと思ってさ」

「あぁ、そうねぇ。贅沢をしなければ、まだ二、三年は大丈夫よ。ううん。その先だって、まだまだ平気。いざとなったらこの家を売ればいいんだし。買った時より値段は下がっていたとしても、そこそこの金額にはなるはずだもの」

ひろ江は顔を上げ、正面の壁を見据える。

静かだった。

窓越しに微かに聞こえてくる雨音も、この静けさを深くさせているかのようだ。まるで、この家全体が死んだようじゃないか。ふと、この前、明子と二人で大型書店に行った時のことが思い出される。広大なフロアには大量の本が並んでいた。その時、ひろ江はここは墓地のようだと思った。たくさんの死者が埋葬されている。そう感じた。どうやら、ひろ江は無意識にそれを声にしていたようで、聞き咎めた明子は、物語が人と出会い巣立っていく場所だから、自分には学校のように思えるとコメントしていたが。

昨日ある名前を新聞で見つけた時、ひろ江の中からなにかが抜け出ていった。恐らく、生きる気力のようなものが消えたのだ。生活費を心配するようなことを口にはしたものの、危機感はまったく生まれてこなかった。

自分は死んだのだ。そしてこの家も。まさに、ここも墓場となった。

明子に促されて、ひろ江はリンゴを口に運んだ。

明子が次のリンゴを剝き始める。剝き終わると、それを皿に置き、立ち上がった。

明子は窓辺に立ち、キンモクセイの葉が、雨に打たれて小さく揺れているのを眺める。この庭を手放すことになるのだろうか——。この家を買った時、庭は悲惨な状態だった。前の持ち主は、屋敷の内部ほどには庭に愛情を注いでいなかったのだ。庭に興味のないひろ江から、明子に任せるよと言われたので、庭師と何度も相談し、すべてを作り替えた。

一年中何らかの花を楽しめるよう花壇を配置し、庭師と共に害虫と格闘し、芝の状態にも目を配ってきた。やっとここ数年で、思い通りの庭になったところだった。

ため息を吐かないよう胸にぐっと力を入れて、明子は振り返る。

ぼんやりと空を見つめたひろ江が、口を動かしていた。

明子は椅子に戻ると、リンゴにフォークを突き刺し、ひろ江に差し出した。

するとひろ江がじろっと睨んできて、「魚肉ソーセージが先だ」と言った。

明子は少し笑ってしまう。ぼんやりしているようでも、ひろ江は決して魚肉ソーセージのことは忘れない。

明子が魚肉ソーセージを渡すと、すぐにひろ江がそのフィルムを剝がし始めた。

ポン、ポンと、小さな音が聞こえてきた。あれは……ゴルフボールをクラブで打った時の音じゃないだろうか。近くにゴルフ練習場があるのだ。

明子は耳を澄ました。

7

今年はどうしよう。

明子は毎年、十一月十日の義母の誕生日が近づくと、憂鬱になってしまうほどプレゼント選びには苦労している。敦はまったく相談にのってくれず、明子がいいと思う物で構わないと言うだけだった。

それで、こうして例年のようにデパート内をうろついて、頭を痛めるはめになるのだった。

バスタイムグッズを眺めている時、「明子さんじゃない?」と声が掛かった。

振り返ると、咲子が立っていた。少年のようなショートカットだった。

「お買い物?」と咲子が聞いてきたので、「はい」と答える。

咲子の姿は、先月の出版社主催のパーティーで見かけていた。ひろ江の代理で出席したそのパーティーで、咲子は相変わらず取り巻きたちに囲まれていた。その時結城から聞いた話では、イギリス人とは離婚し、子どもと一緒に日本に戻って来たということだった。今度は離婚するまでの色々を書くんでしょうねと、輪の中心にいる咲子を眺めながら明子は呟いたのだった。

咲子が明るく言う。「この前、H出版のパーティーの時にお会いしたわよね。あの時、ひろ江さん、いらした?」

「いいえ。叔母は出席していませんでした」

「お身体の具合が悪いとか？」

「い、いえ、そんなことはありません」

「なら、良かったわ。ここ最近、ひろ江さんの新作、拝読していないから、お身体の具合でも悪いのかと思って心配していたの」

ゆっくり息を一つ吐き出してから告げた。「叔母は今大作を執筆中で、それに専心しています。そういう訳ですから」

「そうなの。その大作、楽しみだわ」咲子が笑みを浮かべる。「私とひろ江さん、同い年だし、同じ年にデビューした同期でしょ。だから、なんだか、ひろ江さんのこと意識しちゃうみたいなのよ。作風は全然違うんだけど。あら、ごめんなさいね。お買い物の邪魔をしちゃって」腕時計に目を落とした。「それじゃ」

咲子が微笑みながら手を振った。その左手の薬指には、立て爪のダイヤのリングが光っていた。

エスカレーター方向へと去って行く咲子の背中を目で追う。なに、あれ。お身体の具合でも悪いのかと思って、心配していたの——。明子は心の中で、咲子の言い方を真似する。あーやだやだ。ヤな女。

私は順調だけど、そっちは落ち目ねと思っているに違いないんだから、あの咲子って女は。ひろ江の方が、作家としての実力は絶対上なのに。わざとらしく左手の薬指に大きな指輪、はめちゃって。また恋愛中ですと言いたいのよね、あなたって人は。そういうネタだけが頼りの小説家だものね。ひろ江のように鼻を鳴らしたいところだった。本当にひろ江が大作を執筆中だったら、どれほど嬉しいか——。

ひろ江の習作は再開されたが、生まれてくる作品は、以前とは様変わりした。中途半端に柔らかく、ぎこちなかった。それは恐らく——自分のではなく、どこからか借りてきたような言葉で、魂のない物語を組み立てようとしているから。それに、細部へのこだわりもほとんど見せなくなった。以前はスリッパの音をパタパタとするべきか、ペタペタの方がいいのかを探るため、実際にスリッパを履いて延々と廊下を歩き続けるようなことがあったのだが——。明子は遣る瀬《やせ》無かった。

歩き出し、フロアに並ぶ商品に目を注ぐのだが、さっきの咲子の姿がちらついて集中できない。

それで別のフロアに行こうと、下りのエスカレーターに乗った。

と、咲子を発見してしまう。下のフロアから下りのエスカレーターに乗ろうとしている。その咲子の手には、子ども服の高級ブランドのロゴが付いた紙袋があった。

明子はステップの右端に移動し、咲子に気付かれないようにする。

咲子の頭頂部はすぐに見えなくなり、明子はやれやれと胸を撫で下ろす。

エスカレーターのステップから降りてフロアを見回した瞬間、身体が固まった。自分が子ども服とおもちゃ売り場のフロアにいるということに、改めて気付く。

突然、義母の声が聞こえた気がして、振り返った。

誰もいなかった——。

小走りでエスカレーター脇の休憩所に進み、オットマンに腰掛ける。ちょっと走っただけだというのに息が荒い。明子は胸を押さえた。

義母にプレゼントをする度、明子は言われる。本当に私が欲しい物、わかっているでしょ？と。孫だ。早く孫を産めと、明子は言われ続けていた。その度に明子はなんと言ったらいいのかわからなかった。子どもを産んでこそ女としての価値があると、義母は言う。早く産んだ方が、後が楽よとも。明子も子どもは欲しかった。だが——。

どこからか、派手な機械音が流れてきた。子どもがおもちゃでも、動かしたのだろうか。

明子はぼんやりとそこに座っていた。

ふと、我に返り、腕時計に目を落とすと、もう午後四時を回っていた。随分と長いことぼんやりしていたのだと知る。プレゼント選びに頭を使うのが急に面倒に思えて、もうなんだっていいという気持ちになっていた。

一階に降りると、エスカレーターのすぐ近くにあったショーケースに近づいた。その中から、予算内に収まるネックレスをあっという間に選んだ。

店員がラッピングに使うリボンのサンプルを出してきたので、ここではたっぷりと時間をかけて考えてから、細めの赤いサテンのに決める。

以前ひろ江に指摘された通り、明子はリボンが好きだった。頂き物に付いていたリボンを取っておくことも多かった。どんな箱でも袋でも、リボンが掛かっているだけで、それは特別になる。主役にはならないが、とても重要な存在——それがリボン。逆にいえば、たいしたものじゃなくても、リボンさえ付いていれば、格を上げられるのだ。

地下の食料品売り場で買い物をしてから、電車に乗った。一度乗り換え、自宅の最寄り駅に到着した時には、午後五時半を過ぎていた。

国道沿いに歩き、警察署の前を通過する。ファミレスを回り込むように左に曲がりながら、駐車場の車をチェックしている自分に気が付き、苦い気持ちになった。無意識に、明子は白いミニを探していた——。

先月、この駐車場に停まっていたミニにどうして目がいったのか、今でもよくわからない。ここを歩きながら、停まっている車を眺めるのが癖のようになっていたとはいっても、助手席にまで視線を向けることはそれまではなかった。だがその時はなぜか目が向き、そここにチェロケースを発見してしまった——。明子はチェロケースに近づいた。ケースに貼られているシールから、それは敦のものだと確信した。どうしてここに？　と思いながら車内を覗いた。

バックミラーからぶら下がる、小さな熊のマスコットが目に入った時、明子は冷静だった。ゆっくり車を一周して、後部のフロアマットに蓋の空いた靴箱が置いてあり、その中にハイヒールを見つけた時にも落ち着いていた。

敦は市民オーケストラに入っていて、休日や平日の夜に行われる練習に参加している。その楽団仲間が車で送ってくれて、ちょっとお茶でもといった流れになったのだろうと明子は考え、そのまま自宅に向かった。足が止まったのは、区民センターの前だった。楽団仲間なら、どうして車内にチェロしかなかったのか。トランクに入れたのか。いくら趣味でやっていることとはいえ、大切な楽器をトランクに入れたりするだろうか。それとも持ち歩けないような楽器の担当ということか。ハープとか、ティンパニとか。

明子の頭には次から次に疑問が浮かんできて、その一つひとつに、自ら答えを作り出していった。

一瞬、ファミレスに戻り、挨拶してみようかとの考えが浮かんだ。敦の向かいの席にいるのは、男性かもしれない。奥さんか彼女の車を借りていたというオチ。だが……明子はその考えをすぐに捨て、自宅へと急いだ。気が付いた時には、小走りになっていた。

その日敦は午後十一時頃に帰宅した。あのチェロケースを手に。

今まで、ファミレスにいたでしょ。何度も練習したのだが、その言葉は出てこなかった。

それからの明子は胸がドキドキしっぱなしだったが、敦はいつものように淡々としているように見えた。そして敦はいつものように風呂に入り、いつものようにベッドで本を読んでから、いつものように寝た。

あれから一ヵ月。気が付くと、明子は全身をアンテナにして敦の様子を探っている。尋ねることはせずに。

五分ほどで自宅に到着した。

三十年ローンで買った3LDKのマンションは、敦の通勤を一番に考えて選んだものだった。スーパーや銀行などが近くにあり、生活するのに便利な場所にある。ただ二年以上経った今でも、明子はこのマンションを自分の家だと感じられていない。今週越してきたような、馴染んでいない感覚が常にあった。むしろひろ江の屋敷にいる時の方が、ほっとした。

ベランダの洗濯物を取り込み、夕飯の支度に取り掛かる。

敦が帰って来たのは、午後七時半だった。

ダイニングテーブルに向かい合っての夕食がすぐにスタートした。

すると、珍しく敦が「これ、旨い」と声を上げた。

それは、デパートで買ってきた椎茸の鶏挽き肉詰めを、皿に移し替えただけのものだったので、明子は少しだけ傷つく。

明子は本当のことは告げずに「それは、よかったわ」とだけ口にした。

「お、お義母さんの誕生日プレゼントだけど、ネックレスにしたわ」

「そうか」


敦は好物のマカロニサラダを一旦御飯にのせてから、口に運んだ。

ふと、いつもと違う感じがして、敦は明子へ目をやった。

明子は落ち着いた様子で箸を動かしている。

どうやら今年は、母へのプレゼント選びが順調にいったようだ。例年この時期になると、明子はやけに神経質になって、なにがいいだろうかとうるさいほど聞いてきた。なんだって喜ぶさと言っても納得してくれず、困ったような、怒ったような顔をするのだった。

そんなことさえ、さっさと決められない明子に、毎年うんざりさせられたものだったが。

控えめで従順な女が好みだった。だから明子を選んだ。だが……いつの頃からか、物足りなさを感じ出した。料理は上手いし、家の中のことはきちんとやってくれるのだが。そういったこととは違う、なにか——こちらの胸を激しく掻き乱すような、そういう刺激を時には与えて欲しいのだ。

ダイニングに流れている曲に、耳を欹《そばだ》てる。今夜敦が選んだのは、ドヴォルジャークの『チェロ協奏曲』。

結婚当初、明子は食事中にテレビを付けようとした。だから敦は、そういう馬鹿げたことは、僕の家では止めてくれと告げた。そして教えた。テレビから流れてくるくだらない音や映像を耳にし、目に入れているうちに、ちゃんとしたものがわからなくなるのだからと。以降、敦の家では概《おおむ》ねクラシック音楽が流れている。

明子が質問をしてきた。「今度のコンサートで、これ、やるの?」

「ん? あぁ、『チェロ協奏曲』ね。そう。結構難しくってね。首席奏者の中村《なかむら》さんが、仕事の都合で、今度のコンサートは出られないらしくて、僕が首席奏者をすることになってね。責任もあるし、一生懸命やらないと」

「首席奏者なんて、凄いじゃない」

「まぁ、そうなんだけど。実力からいったら、僕と中村さんはほぼ同じなんだ。でも、中村さんの方が十も年、上だしね。それで、首席奏者はいつも、中村さんってことになってただけなんだ。不思議なもんでさ、首席奏者が変わっただけで、音楽が変わるんだよね。指揮者からも、楽団員たちからも、僕になって音楽が大きくなったと言われたよ。中村さんって、上手いんだけど、小手先っていうか。全体の流れを大きく摑んで、表現するって演奏じゃなくてね。楽譜にある通り、正確に音を出しましたって、演奏なんだ。演奏って、その人の生き方が出るんだよね。中村さんは町工場の二代目社長でさ、自動車のエンジンっていったかな？　そのたくさんある部品のうちの、一つを作ってるらしいんだ。指定された通りに、すべての品を均一に仕上げて、決められた納期に間に合わせるのが絶対っていう仕事。そういう仕事をしていると、生き方もそうなってしまうようだね。だから、そういう人が演奏すると、つまらない音楽になってしまう」

「そうなの」

敦の物言いに、明子はとても嫌な気分になったが、なんとかそれを顔に出さないように努める。

敦は信用金庫勤めだったから、顧客のほとんどが中小企業だというのに、心の底では、そうしたところのオーナーたちを軽蔑していた。それは、大手銀行に就職できなかった僻《ひが》みから生まれたものなのか、元々そういう考え方だったのかは明子にはわからない。明子がそうしたことに気付いたのは、結婚してからだった。

結婚前に気付いていたら——恐らく結婚していなかったと思う。

敦は音楽と生き方についてそれからも喋り続け、そのせいで、明子の方が先に食事を終えた。

明子は茶を飲みながら、敦の話と食事が終わるのを待つ。

程なくして、敦が箸を置いた。そして「ご馳走さま」と言うと、すぐに立ち上がった。

それから「練習するから」と宣言し、ダイニングを出て行った。

廊下の突き当たりにある、防音仕様の部屋で練習をするのだろう。そこはいずれ、子どもも部屋にと考えていた場所だった——このマンションを買った当時は。

あれは、半年前の日曜日だった。

朝食を食べ終えた敦が、ダイニングテーブルにパンフレットを置いた。「それ、見といて」と言って。それは、部屋を後から防音仕様にできる工事の案内パンフレットだった。中には見積書が挟んであり、金額が記されていた。そこの数字には二重線が引かれ、横に別の数字が手書きで書かれていたので、すでに値段交渉をしていることが窺えた。日付けを見て、明子は衝撃を受けた。ひと月も前になっていたのだ。明子がパンフレットを読むでもなく眺めていると、出かける支度を終えた敦が顔を出して「練習、行ってくるよ」と言ったので、反射的に「行ってらっしゃい」と声を上げていた。ダイニングのガラス戸が閉まり、少しして、玄関ドアの閉まる音が聞こえてきた時、あぁ、玄関で敦を見送らなかったのは初めてだったと、そんなことを思った。その日、練習から帰ってきた敦に「防音部屋、どう思った？」と聞かれたので、「そうね、いいんじゃない」と明子は返した。それから敦は言った。「それじゃ、工事を頼むことにするよ。明子には立ち会ってもらわなきゃならないから、明子の都合のいい日をいくつか挙げてくれ」と。

あの日曜日、明子も敦も『子ども』という言葉を口にしなかった。それから今日まで、ずっとその言葉を避けている。二人は共に逃げたのだ。互いの心の内を見せ合うことなく。うやむやにして、そっとしておこう——。そうすれば、まるで結果が変わるとでもいうように。

明子はテーブルに手をついて、立ち上がった。

同時に『チェロ協奏曲』が終わった。

8

東京駅で乗車してから三十分。明子とひろ江は新大阪駅に向かっていた。

明子にとっては祖父、ひろ江にとっては父の遺体を確認するために。乗車してからずっと窓に顔を向けていたひろ江が、膝にかけていたダウンコートを引っ張り上げた。

明子が「寒い？」と尋ねると、「いや、大丈夫」とひろ江は答えた。

明子はミニテーブルの袋を指差し「アンパン、食べる？」と聞いた。

ひろ江が少し間を取ってから「食べる」と言った。

今朝早くに、警察からひろ江に連絡が入ったという。あなたの父親と思われる人物が死亡した。こちらに来て、確認して欲しいと。

ひろ江から連絡を貰った明子は、同行すると告げ、待ち合わせの東京駅に向かった。銀の鈴で見つけたひろ江は、大あくびをしているところだった。明子が駆け寄ると、そんなに急ぐことはないとひろ江は言い、遺体はどこにも行きゃしないよと冗談口を叩いた。それはいつものひろ江で、動揺している様子も、気を揉んでいる風でもなかった。

アンパンに齧り付くひろ江に質問した。「お祖父《じい》ちゃんって、どんな人だったの？」

一瞬だけひろ江が明子に顔を向けてきたが、すぐにアンパンに目を戻し、なにも答えず食べ続けた。

明子は訴える。「その遺体は、お祖父ちゃんじゃありませんようにって、そう願ってるし、きっと別人だって思ってるわよ。ただ……ひろ江ちゃんからも、母さんからも、お祖父ちゃんの話って、聞いたことなかったから。今日突然、お祖父ちゃんの話が出てきて、驚いて――それに、私がお祖父ちゃんのことをなにも知らないってことにも、今更ながらびっくりしちゃったの。まぁ、お祖父ちゃんだけじゃなくて、お祖母ちゃんのことだって、ほかの親戚たちのことだって、ほとんど知らないんだけれど。私がとっても小さい頃には、皆で一緒に暮らしていた時期もあったっていうのは聞いているけれど、私が覚えているのは、凄く限られたことばかりだから」

ひろ江がアンパンを半分ほど残して袋に戻し、ミニテーブルに置いた。それからお茶をゆっくりひと口飲むと、窓外へ目を転じた。

そして、しばらくの間の後「人間のくずだったね」とぽつりと言った。

「……人間のくず?」明子は聞き返した。

「そう。最低の人間はどこにいますかーと、誰かが尋ねたら、大勢の人があの人を指差しただろうね。史上最強、最悪の人だったよ。もうとっくに、誰かに刺されて死んでるんだろうと思ってたからさ、警察から身元確認して欲しいと言われた時には、ピンとこなくてね。なんだ、今頃死んだのかと、そっちに驚いたよ」

「……そう、なんだ」

「きっと姉さんも、同じようなことを言うと思うね。姉さんに連絡はしたのかい？」

「前に教えて貰ってた電話番号にかけてみたら、現在使われておりませんってなってしまって。また引っ越ししたみたい。ほかの人に連絡は？　叔父さんとか、親戚とか、誰か、連絡を取る必要のある人はいないの？」

首を左右に振った。「うちは一家離散してるからね。連絡先なんて知らないし。ま、仮に連絡したところで、私と同じように、まだ死んでなかったんだと言うか、やっと死んだかと喜びのコメントをするか、どっちかだろうけどね」

——なんて寂しい一家なんだろう。

と、義母の顔が突然浮かんだ。

あれは、結婚前だった。

苦々しそうな顔をして義母は言った。身元を調べたところ、あなたは敦の嫁には相応しくない。だから反対をし続けてきたが、どうしても敦が、あなたがいいと言ってきかない。ちゃんとした家庭を知らないあなたに、まっとうな家庭が築けるとは思えない。だが、敦を翻意させられなかった私の負けだ。結婚を認めることにはするが、本心は違うのだということは、肝に銘じておいてくれ。そう、義母は表明した。

あの時は、義母を酷い人だと思ったが、確かに自分には、ちゃんとした家庭もまっとうな家庭も、どういうものかわかっていなかったのかもしれない。

遠い日の記憶を辿り、明子は言葉にする。「小さい頃で覚えているのは、ひろ江ちゃんが本を読んでくれたこと。それだけかな。昼間は勿論なんだけれど、夜寝る時に、ひろ江ちゃんに本を読んでもらうのが、なによりの楽しみだったなぁ。正確にいうと、本を読んで欲しいんじゃなくて、ひろ江ちゃんの物語が聞きたかったの。ひろ江ちゃん、本を読むの、すぐに飽きちゃって、かぐや姫のそれからとか、花咲か爺さんの若い頃の話とか、そういうオリジナルのお話を作って、聞かせてくれた。それが面白くって、わくわくして聞き惚れてしまうから、なかなか寝ようとしなくて、よくひろ江ちゃんに、頼むから早く寝てくれって言われたっけ。特に覚えているのはね、『桃太郎』。ある日は、鬼目線の話になって、ある日は、キジのお兄さんとの確執の話になったりして。大好きだったの、ひろ江ちゃんの話が」

「そんなこともあったっけね」

シュンと鋭い音がして、車両がトンネルに入った。

途端にひろ江の目に飛び込んできたのは、老けた女の顔だった。すっかり年老いた自分の顔をしげしげと眺める。容赦ないね、老いってのは。

ふいに、こんな風に車窓に映り込んだ自分の姿に見入った日のことが思い出された。あれは、上京するために乗った特急列車だった。作家になるんだと意気込み、胸は期待でぱんぱんに膨らんでいた。そのはずだったが、車両がトンネルに入り、車窓に映った自分は——不安でいっぱいといった顔をしていた。たちまち弱気の虫が騒ぎ出し、東京駅に着くや否や、トイレを探した。やっと見つけたトイレで吐いた。吐き終わった後、洗面台で顔を洗っていると、見知らぬ中年女が隣に立ち「負けるな」と言ってきた。ひろ江が言葉を失っていると、中年女はもう一度「負けるな」と言って、立ち去った。ひろ江はしばらくの間、その女が出て行ったドアを凝視した後、小さく頷いた。わかった。負けない。心の中でそう誓った。

あの日から、なんと長い月日が経ったことだろう——。

窓に顔を向けているひろ江に「トイレに行ってくる」と明子は告げ、立ち上がった。通路を進み、明子は自動ドアを抜ける。三つのトイレすべてが塞がっていたので、扉の前で待ち始めるとすぐ、背後で自動ドアが開く音がした。

振り返ると、商品をたくさんのせたワゴンを押す女性スタッフがいた。その人は自動ドアの前の、小さなスペースでワゴンを右に回し始める。と、不意に、その人はワゴンを止めた。それから制服のポケットからハンカチを出し、そっと目にあてた。

泣いてるの？　客に嫌がらせでも受けたのだろうか。その人はすぐにハンカチを戻し、ワゴンを再び回し始めた。やがて自動ドアに向き合う位置までくると、肩を一度上下させてから、足をぐっと押し出すようにしてワゴンを進ませた。

その人を見送りながら、自分とひろ江は果たして泣くだろうかと、そんなことを考えた。遺体がもし祖父だったら――。人間のくずだったかもしれないが、死を目の当たりにすれば、ひろ江にも哀しみや喪失感といったものが生まれて、涙を流すような気もする。祖父の記憶がまったくない自分は、どうだろうか。――わからない。ちゃんとした家庭で育っていないから。

トイレを済ませた明子は、通路を戻り始める。

座席番号を確認しながら歩いて行くと――ひろ江がミニテーブルにノートを広げて、なにかを書いていた。

明子はシートに座り、ひろ江の横顔を覗く。

一心不乱に手を動かしている様子は……随分と久しぶりに見る、真剣なひろ江の姿だった。

＊＊＊

三日前に高校一年生になった娘は、座布団に斜め座りをする。足を右に投げ出し、食事が出てくるのを待つ。長さが三メートルある大卓についているのは、娘だけだった。やがて豊己が盆を持って現れ、盆ごと娘の前に置いた。「ありがとう」と娘は怒ったように言うと、すぐに食べ始める。賄いの豊己の味付けは濃く、甘いのが特徴だった。

娘は食事の度に、前の賄いの方が良かったのにと思う。母親の聰子は一切料理をしないので、娘は、前の賄いの薄目の味付けで育った。だが去年、突然姿を消した。

その理由を誰も娘には教えてくれないが、大人たちの目配せや咳払いの中に、答えを見出していた。

ヤクザから金を借りて、返せなくなった——大方そういったところだろうと、娘は思っている。

ギャンブルが好きな男だった。イヤホンを左の耳に装着し、新聞になにかを書き込んでいるのを、度々目撃していた。

この前の賄いのように、ある日突然、娘の周りにいる人物が姿を消すということはしばしばあった。

昨日まで輪の中心にいても、次の日にはいなくなる。

何度もこうした経験をしていると、そんなものかと思い、驚かなくなる。消えた人たちを、もう娘は思い出すことはなかった。

ただ、豊己の作った料理を食べた時だけ、前の賄いを思い出すのだった。

しばらくして、娘の弟の青史が現れ、向かいに座った。

豊己が置いた盆を眺めた青史が、小鉢を持ち上げ、娘の盆の横に置いた。「あげるよ。少し体重を落とさなくちゃいけなくてね」

娘は了解の意味を込めて、一つ頷いた。

「ねえ、私宛に電話、なかった?」と言いながら、娘の姉の佐和子が入ってきた。

誰もなにも答えないでいると、佐和子は青史の隣に座り、「私宛の電話」と繰り返した。

それでも誰からも声が出ないと知るや、卓に腕を伸ばした状態で突っ伏し、嫌々をするように頭を左右に揺する。

佐和子の背後に立った豊己が、盆を持ったまま、どうしようかと思案する風だったので、娘は「食事を受け取ったら」と言ってやる。

「えっ？」と、佐和子が大袈裟なまでに驚いた声を上げてから、上半身を起こし、盆を受け取った。

その時、大部屋の入口から智彦の声がした。

「佐和子さんにお電話です」

「誰から？」と素っ頓狂な声で尋ね返した佐和子は、智彦からの答えがないうちから、立ち上がっていた。

物凄い勢いで部屋を飛び出していった佐和子と、入れ替わって部屋に入ってきたのは、娘の腹違いの弟、智彦だった。

卓の一番隅についた智彦が、豊己から盆を受け取ると、「どうもありがとうございます」と馬鹿丁寧に言い頭を下げた。

強い香水の匂いと共に芳子が現れ、智彦と青史の中間あたりに座る。

豊己が芳子の前に盆を置くとすぐ「煮魚と煮つけって、年寄りのメニューじゃない。たまにはビフテキぐらい出してよ。こんなんじゃや、力が出ないわよ」と文句を言った。

豊己はなにも言わず、肩を竦めただけで卓から離れていった。

鼻歌を歌いながら登場した娘の母親、聰子が、娘の隣に着座する。

「今日の夕食はなにかしら〜」と節を付けて歌う聰子の前に盆が置かれると、「カレイの煮つけね。私好きよ」と言って、豊己の腕をぽんぽんと軽く叩いた。

芳子から声にならない声が上がったことに、娘は気付くが、なにも感じていないふりを続け、黙々と食事を片付けていく。

と、杖を突き突き歩く足音が聞こえてきた。

途端に部屋の空気がピンと張りつめる。

足音は部屋を横断し、上座で止まった。

不自由な足を横に放り出すようにして座ったのは、娘の父親、龍成《りゅうせい》だった。

龍成は杖を何本も持っているのだから、室内用と室外用とで使い分けるべきだと娘は思っているが、それを口にはしない。

龍成のことだから、「煩い」と怒鳴るだけで、改めないであろうとわかっていたし、機嫌が悪ければ、その杖で殴られる可能性もあったので、娘はなにも言わない。

それから、座員たちが続々とやってきて、隣の大卓もどんどん塞がっていった。

突然龍成が「早紀《さき》、ちょっと」と大声を上げた。

最近入ったばかりの早紀が、恐々といった様子で龍成に近寄る。

早紀が龍成の横に正座すると、龍成が「仕事は慣れたか？」と言ったすぐ後で「いくつになった？」と重ねた。

おどおどしながら「十五歳です」と早紀が答えた。

娘は、早紀が自分と同い年だということに仰天したものの、一切表情には出さない。

龍成が言う。「誰かに聞かれたら、二十歳と答えろ。わかったか？　客に聞かれたら、二十歳だ。休みの日にどこかへ出かけて、そこで誰かに聞かれても、その時も二十歳だ。いいな？　よし。明日から踊りの練習を始めろ。以上だ。行け」

掃うような手の動きをして、龍成が早紀を追いやった。

娘は周囲の人間たちの心の動きを読む。

芳子は早紀が自分のライバルになるのではないかと怪しみ、すでに闘争心に火が付いていて、聰子はいつものように、なにも気付かないふりをし続けるつもり。青史は、胸と尻に肉が付くような年になれば、いいダンサーになりそうだと密かに目を付けていた早紀を、すでに龍成が見抜いていたことに感心している。卓の隅で息を潜めている智彦は、今日は龍成の機嫌が悪くありませんようにと祈っている――といったあたりだろうか。

一通りそれぞれの心理を読み終えた娘は、心底うんざりし、一刻も早くこの場を去るため食事のスピードを上げげた。

すると「なんだ、このビールは」と、龍成が大声を上げた。

豊己が急ぎ足で龍成に近づき、隣に跪《ひざまず》くと「どうかしましたか？」と尋ねた。

「なにが、どうかしましたか、だ」と言って、龍成がグラスのビールを豊己に浴びせかけた。「なんで、こんなに温いんだよ。ビールはキンキンに冷やして飲むから、旨いんだろうが。冷たいのを持ってこい」

豊己の顔も身体もビールでずぶ濡れだった。

部屋は静まり返る。

豊己が部屋を出て行き、すぐに別のビール瓶を手に戻って来た。

龍成の前で栓を抜く。

龍成がグラスを指差し、豊己がそこにビールを注ぐ。

皆が固唾《かたず》を呑んで見守るなか、龍成がビールに口を付けた。

と、再び豊己にビールを浴びせかけた。

愚かな人。

娘は龍成のこうした態度を目にする度に、そう思い、軽蔑した。

娘は最後の沢庵を口に入れ、ぽりぽりと音をさせて食べ終えると、茶で口をすすいでから立ち上がった。

娘は一人部屋を出て行く。

廊下を進んでいると、事務室から佐和子の声が聞こえてきた。

通りすがりに中を覗くと、佐和子が電話のコードを人差し指に絡めながら話していた。

電話の相手は男だろう。

娘からすると、次から次に惚れる相手ができる佐和子は、不思議な生き物だった。

廊下を突き当たり、左に曲がってすぐの自室に入る。

蛍光灯のスイッチを入れ、吐息をつく。

それからすぐに文机の前に座り、本を広げた。

そして一気に物語の中に没入していく。

呆れることばかりの現実とは違い、物語の世界では、登場人物たちが格闘しなにかを得ようと頑張っている。そうした世界に娘はいたかった。そこには、登場人物たちという友達もたくさんいた。

娘は夢中でページを捲った。

＊＊＊

9

その部屋からは駐車場が見える。

パトカーが三台に普通車が一台。制服姿の警察官が一人、パトカーの運転席に乗り込んだ。

遺体安置所にいたのは祖父だった。

「父の龍成に間違いありません」と、ひろ江が立ち会っていた警察官に告げた時、明子は思わずその腕にしがみついた。

動揺した明子とは違い、ひろ江は「ご面倒をおかけしました。遺体は引き取ります」と、とても冷静に告げた。

それから明子たちはこの部屋に案内され、しばらく待つように言われた。二人とも口を開かずただ静かに待っていたが、十五分もするとじっとしているのが耐えられなくなり、明子は一人窓際に移動し、駐車場を見下ろしていたのだった。

ノックの音がして、明子は振り返った。

四十代ぐらいに見える警察官が、箱を手に現れた。

明子は急いでひろ江の隣に戻り、警察官と向かい合った。

警察官が書類を見ながら話し出す。「樺山龍成さんはマジシャンだったようですね。G町にあるキャバレーで、手品を披露していたそうですが、二月三日午後十一時頃――その手品の最中に、突然倒れまして、救急車で病院に運ばれました。残念ながら、病院に到着してすぐに死亡が確認されました。調べたところ、死因は心臓発作でした。事件性なしとの判断が出まして、遺体をお返ししようとしたところ、独り暮らしだったうえに、お身内の方がいるのか、いないのか、誰もわからないということで、色々調べたところ、やっとあなたに辿り着いたというわけです」箱に入っていたものを、一つずつテーブルに並べだした。「亡くなられた時に、身に着けられていたものです。確認していただいて――まぁ、さっき伺った話では、二十年以上、まったく連絡を取り合っていらっしゃらなかったそうですから、確認できないかとは思いますが、一応手続きっていうのがありましてね。書類にサインしていただきたいもんですから」

タバコ、小銭入れ、ノート、蝶ネクタイ、黒のエナメルの靴、白いシャツ、タキシード……。

明子はなんの気なしにひろ江に目を向け、絶句する。

ひろ江の横顔には興味津々《しんしん》といった表情が浮かんでいた。哀しそうな風情は、一切感じられない。人間のくずだったから？　それにしたって、実の父親の死を、ついさっき確認したばかりだというのに――。

おもむろに、ひろ江が祖父のノートに手を伸ばした。パラパラとページを捲り出したので、思わず明子はそのノートを覗き込む。

手帳サイズほどのそこには、イラストや文字がびっしり書き込まれていて、どうやら手品のアイデアを記していたもののようだった。やがて、ノートカバーの折り返しに一枚の写真が差しこまれているのを、ひろ江が発見した。ひろ江がそれを抜き出したので、明子はよく見ようと、さらに顔を近づけた。

それは、若い男の写真だった。タキシード姿でポーズを取っている。シルクハットを斜めにかぶり、ちょっと気取った表情で、こちらにじっと視線を向けている。

しばらくしてから、やっと気付いた。

これが、祖父の若い頃の写真だと気付くのに時間がかかったのは、遺体安置所で見た姿とあまりに違っていたからだった。

それと……若い頃の祖父が、みのるに少し似ているということに、明子は衝撃を受けた。

それから警察官の指示に従い、手続きを粛々と済ませていき、警察署を出た時には午後の四時を回っていた。

明子が「これから、どうする?」と尋ねると、「キャバレーに行きたい」とひろ江は言った。

明子も救急車を呼んでくれた礼を言いに行くべきだろうと考えていたので、「駅前に確か、ケーキ屋があったわよね。そこで、手土産を買えばいいかな?」と問いかける。

すると「手土産?」とひろ江が不思議そうな顔で言った。

「そう」明子は言う。「救急車を呼んでくれたって言ってたでしょ、警察官が。お礼の挨拶をしに行くのに、手ぶらってわけには」

「あぁ、そうだね。なら、手土産はなくちゃね」

俄かに納得したような顔になったひろ江が、駅方向へと歩き出す。いつものようにとても大きく腕を振って。

急いでひろ江に追いつき、明子は並んだ。

駅前のケーキ屋で焼き菓子の詰め合わせを買い、一度は駅の路線図を見上げたが、土地勘のない明子たちにはどう行くのが最善なのか皆目わからず、結局タクシーを利用することにした。

そのキャバレーは歓楽街を貫く通りにあった。周囲の店と比べると格段に大きく、その壁にはA3サイズほどの女性の写真が十枚近く掲げられ、それぞれの源氏名がピンク色の文字で書かれている。その写真を取り囲むように電球が設置されているので、夜になれば、この女性たちは輝きを放つと思われた。

店に入った時には、明子を面接に来たのだと勘違いした支配人との間で、おかしな会話が遣り取りされたが、やがて素性が理解されると、一番奥まった席に座るよう促された。明子たちの向かいに支配人が座り、テーブルには缶コーヒーが置かれた。

明子から救急車を呼んでもらった礼を言い、遺体を今、警察で確認してきたところだと説明した。

すると、びっくりするような大声で支配人が言った。「こんな立派な娘さんや、お孫さんがいるなんて、ちっとも知りませんでしたよ。家族の話なんて一切しなくてね。警察から色々聞かれたけど、何一つ答えられなくってね。作家さんって、言いましたっけ？　だったら、なおさら、自慢したっていいはずなのにねぇ。なんだって、言わなかったのかねぇ」

明子は首を捻るしかなかった。

「龍成さんにも」と支配人が続ける。「そちらさんのような、ちゃんとしたマネージャーが付いていりゃ、良かったのかもしれないですね」

「マネージャーなんかじゃないんですよ」明子はきっぱりと否定する。「私は、叔母の雑用をいくつかやっているってだけなんです」

支配人が「それにしたって、やっぱり違うでしょうよ」と声を上げた。「身近に、信頼できる家族っていうか、親戚っていうか、そういう人が、いるのと、いないのじゃ。ねぇ、先生？」

ひろ江がじっと明子を見つめてきた。明子も見つめ返す。

しばらくの後、ひろ江が支配人に顔を戻したが、彼からの問いに答える気はないようで、無言だった。

それを気にする風でもなく、支配人がさらに大声で「まぁ、よかったら、飲んでくださいよ」と缶コーヒーを指し、自分の分のプルトップを開けてぐいっと呷《あお》った。「警察で話を聞いていらしたとは思いますけど、突然でしたからね、まぁ、びっくりしましたよ。週に六日、一晩に三回、マジックをやってもらってたんですけどね。あそこのステージで」

支配人が示した先に、明子たちは目を向けた。

そこには、ブティックの更衣室のようなものがあった。更衣室のようにカーテンが下がっていて、その右半分の裾が捲り上げられた状態で、上部のレールに引っ掛けられている。中は一メートル四方ぐらいだろうか。フロアより十センチほど高い位置に作られた、その更衣室のような場所を、ここではステージと呼んでいるようだった。

そのステージを、ひろ江が真っ直ぐな強い視線で見つめている。それは、随分と長い間のことだった。

支配人が言う。「あの日もいつもと変わりなかったんですよ、見た目はね。色々裏方をやってくれてる子が、そういえば、いつもより汗を掻いていたようだったとは言ってましたけどね。それも、あんなことになってみて、そういえばって程度でしてね。倒れたのは、三回目のステージの時です。シルクハットからいろんなものを出してる途中で、急に動きを止めましてね、それから袖に引っ込もうとしたんでしょうか、下手側に一歩足を出したんですわ。で、バタンと。スタッフが駆け寄って、袖まで引っ張り込んで、声を掛けたり、身体を揺すったりしましたけど、ちょっとこれはマズそうだと、すぐに救急車を。まぁ、そんなとこですわ」

それまで黙っていたひろ江が、突然声を上げた。「あの人——父は最低の人間でした。こちらでもそうでしたか？」

支配人が目を丸くした後で、すぐに太い笑い声を上げる。「面白い方ですな。ま、いいでしょう。言うつもりはなかったんですよ。素晴らしい方でした、シャンシャン、てな調子で、帰っていただくつもりでしたが、娘さんからそんな風に水を向けられたら、事実を話した方がよさそうですからね」一つ咳払いをした。「仰る通り、最低でした。故人を悪く言うのはなんですが、悪く言っているのではなく、ありのままを言っているなら、罰は当たらんでしょう。たいした手品師じゃないくせに、プライドばっかり高くてね。客は酔っ払いなんですよ。お姉ちゃんと楽しく過ごしたいなぁと思ってる客。だから、ぱっと派手な手品がいいんです。よーく見なけりゃ、変化がわからないような手品じゃなくてね。だけど龍成さん、言うこと聞かないんですよ。今のラスベガスの主流はこういうのだ、なんて言っちゃって。ラスベガスでどんなもんが流行ってたって、こっちは関係ないっていう話でしょ。ここはG町のキャバレーなんだから。衣装もですよ。あんまり地味な格好もどうかとは思いますけど、所詮、ちょちょっとやってもらう手品なんですから、あんまり気張った格好でも困るんですよ。なのに、タキシードじゃなきゃダメだとかなんだとか。それも、ラスベガスでは皆、タキシードを着てるからってのが理由なんですよ。そういえば、こんなこともありましたよ。ちょっと可愛い女の演歌歌手の子が来ましてね、店で歌わせてくれって言ってきたんですわ。演歌歌手なんかやってないで、ホステスになりゃ、すぐにナンバーワンになれそうなぐらいの玉だったんですよ。だから、その子に、手品をやってる時に、隣で歌わせようかと思いましてね、そう言いましたら、とんでもないって目を剝いて怒りましたよ。自分のパフォーマンスを邪魔する者は、どんなやつでも許さないとかなんとか言っちゃって。どっちが決定権をもっているのか、わからないようでしたね、龍成さんって人は。そんな態度だから、すぐにクビになって、キャバレーを転々とすることになるっていうのに。そもそも、一流の手品師は、どっかの大きな舞台に立ってるはずでしょ？　こんなところじゃなくてね。そんなんでしたから、客ともトラブル起こしましてね。何度もですよ。ほら、龍成さんにとっちゃ、大事な腕の見せ所ってなところで、酔った客がちゃちゃを入れたりとか、そういうことで。そんな時、ステッキの先でもって客の胸を押して、ちゃんと見ろと脅すんですから参りますよ。それで、今月いっぱいでクビにしようと考えてたところでした。女ですか？　あぁ、いましたね、多分。常にいたんじゃないかな？　でも、長く続かないようでしたよ。いつも女に見限られて終わるって、感じじゃなかったのかな」

そんな人だったとは――。初めて聞く祖父の話は、明子をがっかりさせた。

義母が言っていたのは、この祖父のことも含めてだったのだろうか。てっきり義母は、明子の母のことを言っているのだと思っていたのだが。

明子の母は、たくさんの男たちと付き合ってきた。惚れっぽく、男に尽くしまくるのだが、どれも長続きしなかった。明子の父は、そうした中の一人だった。父は家族もちだったため、母は子どもを産めば、自分のものになると考え、勝負をかけた。だが、その読みは外れた。認知もしてくれなかったため、明子は私生児となった。その後、そんな母と結婚してくれるという奇特な人が現れ、入籍を果たしたのだが、残念なことに母の惚れやすい性格は変わらず、夫となった人と明子を置いて、度々男と逃走した。遅かれ早かれ、母は男に捨てられて、明子たちの元に戻ってくるのだが。こうした失踪劇を繰り返した結果、母は遂に夫から離婚を申し渡された。その後も母の生き方は変わらず、今もどこかで男を追い掛けているはずだった。

この母だけでなく、祖父も支配人が言う通りの人物だったなら——義母が難癖を付けたのも、わかる気がした。

ふと、明子は隣に顔を向けた。

と、ひろ江の顔には満足しているような表情が浮かんでいて、明子はびっくりしてしまう。いったい、どうして？　祖父の話のどこをとっても、いいところはなかった。ひろ江には予想通りで、明子ほどにはがっかりしなかったのかもしれないが、それにしても、支配人には随分と迷惑をかけたようでもあったから、恐縮したような顔になっていたっていいぐらいなのに。ご満悦な様子のひろ江が、まったく理解できなかった。

明子たちが礼を言って帰ろうとすると、手つかずだった缶コーヒーを「まぁ、いいから、持って行ってよ」と、支配人が強引に勧めてきた。それで明子たちは、それぞれに缶コーヒーを手に店を出ることになった。

タクシーを拾うため、大通りまで歩く。

さっきより北風が強くなっていて、背中が縮んでしまいそうなほどの寒さだった。気が付くと、明子とひろ江は暖を取ろうと同じように缶コーヒーを両手で握りしめていた。

幸いタクシーはすぐにつかまり、祖父が住んでいたアパートに移動する。

そこは、以前ひろ江が住んでいたアパートに雰囲気が似ていた。二階建てで古くて、いかにも家賃が安そうな感じがだ。ただし、近くに線路はなく、川沿いに小さな家が建ち並ぶ住宅街の中にある点が違っていた。二メートルほどの高さのフェンスが、川沿いに続いている。そのフェンスの手前には、白いプランターが二つ並んでいて、どちらの花も全部枯れていた。

大家に挨拶をしてから、遺品の中にあった鍵を使って一階の三号室に入った。

六畳の和室にはふとんが敷かれていて、四畳ほどのキッチンには、割り箸が入った状態のカップラーメンや弁当容器が積まれている。警察がここを調べたという話だったが、ゴミなんかを捨ててはくれないのだと思った後で、そうか、当たり前かと納得した。

淀んだ空気を一掃するため窓を開ける一方で、電気ストーブをつけた。ジーと音はしているのだが、ニクロム線はなかなか赤くならない。電気ストーブの左脚の下に、厚紙が挟み込まれているのに気が付いた。畳が傾いでいるのかもしれない。

隣のひろ江に目をやると、嬉しそうな顔でニクロム線を見つめていた。こんな貧しい暮らしぶりを見て、そんな顔をするなんて。罰が当たるわ、と明子は思った。

それからも電気ストーブの前で、温かくなるのを待ち続けたが、寒さに耐えられなくなった明子は窓を閉めた。


途端にタバコの臭いが鼻につき、ひろ江は顔を顰《しか》めた。

この臭い――いつも、この臭いがしたね、そういえば。ヘビースモーカーではなかったが、あの人はいつもこのタバコの臭いを纏《まと》っていた。ひろ江がまだ幼かった頃、その臭いを嫌がったのを、あの人に見られてしまった。あの人は、わざわざひろ江の顔の前で、煙を吐くようになった。幼子が嫌がって、顔を皺々にするのが面白いといって。あれは……ひろ江が六歳になった頃だった。ひろ江はぐっと我慢して、煙を嫌がる素振りを止めた。嫌がるのが面白いのなら、嫌がらなければ、飽きるだろうと幼心に考えたのだ。何度か無表情で耐えているうち、案の定あの人はその遊びに飽きてくれた。あの人への対処法をひろ江が初めて摑んだ一件だった。

しばらくして、ようやく部屋が温まってきたところで荷物の整理を始めた。

布団を部屋の隅に移し、明子と手分けして、部屋にある物を、処分する物としない物に分ける。

それは一時間ほどで終わった。

あの人は、あの人のままだった。部屋にあったのは、手品の道具と衣装ぐらい。家族の写真の一枚もなかった。部屋にあった三十枚ほどの写真には、タキシード姿のあの人だけが写っていた。

あの人らしいね。ひろ江は部屋の中央に正座し、見回した。所々剥がれている壁紙。富士山の大きな写真付きの今年のカレンダー。それから、画鋲が三つ、ただかたまって壁に刺さっている。トイレのドアには、剝がしたシールの跡。

明子が怒ったような声で言った。「なんだか、ひろ江ちゃん、楽しそうよ。幸せそうっていうか。人間のくずだったかもしれないけれど、一応父親なわけだし。もう少し、哀しんでいるふりぐらいしてもいいんじゃない？」

「哀しくないのに、ふりをするのかい？　おかしなこと、言うね。私はさ、嬉しいんだよ。あっぱれじゃないか。この生き方がさ。奇術に魅せられてしまった男。奇術をすることでしか、自分を表現できなかったんだろう。三流奇術師のくせに、ほかの世界で生きることは嫌だったんだろうね。奇術をすることが、生きることだったから。もっと楽な生き方もあっただろうに。いや、なかったんだね、あの人にとっちゃ。業《ごう》さ。心が勝手に奇術に執着してしまって、自分ではどうすることもできなかったんだろう。それで、この貧乏暮らしだ。昔あの人には、随分と嫌な思いをさせられたもんだけど、今この暮らしぶりを見るとさ、ざまぁみろとは思わないね。なんだか羨ましいぐらいだ。奇術中に死ねたんだから、あの人も本望だったろう。業なんだよ。業にあらがうことなんてできないんだ。もう、業に従うしかないんだよ。あれこれ言ってないでね。誰からも称賛されなくても、貧乏で終わっても、他人から見たら可哀相な一生であったとしても。業のままに生きたなら、それは素晴らしい人生なんだよ」

ひろ江は一つ頷き、立ち上がった。それから畳の上の焦げ跡に、右足をのせた。

10

冷たい麦茶を明子はごくごくと飲む。ふうっ。美味しい。

まだ五月だというのに、少し庭の手入れをしただけで汗だくだった。生活費を節約するため、庭師との契約は打ち切り、さらに新たに家政婦も雇っていなかった。庭の手入れは明子一人の仕事になり、こうなってみると、広い庭が恨めしかった。夏になったら、どんなに大変になるか……先が思いやられる。

二杯目の麦茶を飲みながら、キッチンカウンターの上の、今日届いた郵便物に目を留めた。そこから一枚のポストカードを摘まみ上げ、さっきも読んだというのに、また明子は読み直す。それは真由子からのハガキで、大阪に引っ越したことを知らせるものだった。ハガキの上半分を占める写真には、満面の笑みを浮かべる真由子が、夫と二人の子どもとともに写っている。

先月離婚し、ひろ江の家に引っ越した明子の事情を知っていながら、こんなポストカードを送ってくる真由子の神経に、驚くばかりだった。

捨ててしまおうと、手をゴミ箱の近くまで動かしたのだが、なんだか、それもどうかなと迷いが生まれ、結局キッチンカウンターに再び戻した。

冷蔵庫を開けて、材料を取り出す。

芝を刈っている時に、すでに今日の昼のメニューは決めていた。冷やし中華だ。

ささっと作り、ひろ江の分をトレーにのせた。

二階のひろ江の書斎のドアをノックし、返事を待たずに部屋に入る。案の定、ひろ江はノックの音に気付いていない様子で、一心不乱に原稿用紙に向かっていた。

たちまち、明子の胸は弾む。

祖父の遺体を確認した大阪から戻ってきてからというもの、ひろ江は猛烈に書き始めた。

以前、小さなアパートで耳栓をしながら書いていた、あの頃のように。ひろ江の万年筆が原稿用紙の上で、再び動き始めたのだ。文字からは熱のようなものが立ち上がっているし、走るような筆の動きは、物語のスピード感と呼応している。ひろ江の原稿をワープロに入力している時には、いい作品が生まれつつあるという確信で、明子の手はしばしば震えた。

だが、ひろ江にはなにも言わない。余計なプレッシャーをかけたくないから。ただ、明子はひろ江の側にいる。

デスクを回り込み、サイドテーブルにトレーを置いた。椅子に腰掛け、タイミングを計る。今はその時じゃない。ひろ江になにかが下りてきている最中だから。

こういった時、明子はひろ江の肩甲骨の辺りを見る。どれだけ力が入っているかで、今のひろ江の執筆状況は大体わかるのだ。

しばらくして、そのタイミングがやってきた。ほんの少し、肩甲骨の辺りの力が抜けた瞬間、「ひろ江ちゃん」と声を掛ける。

ひろ江が手を止め、顔を上げた。

明子に気が付くと、「ん?」と言った。

「お昼にしましょう」と告げ、原稿用紙をデスクから一旦外そうとすると「見ながら、書く」とひろ江が言った。

「見ながら、食べるの言い間違いね」

「ん？　あぁ、そう。見ながら、食べる」

「今日は冷やし中華なの。汁、飛んじゃうでしょ、原稿用紙に。だから、今日は見ながら食べない。いいわね？」ひろ江の前にトレーを置いた。

ひろ江はおしぼりで手を拭き、すぐに食べ始める。

横から明子が手を出してきたので、ひろ江は眼鏡を外して、そこにのせた。

ちょっと酸っぱくて、冷たい中華麺がするすると喉を通っていく。

ふと、明子に目をやると、ひろ江の眼鏡を磨いていた。はあーっとレンズに息を吐きかけては、クロスで擦る。

そうやってる姿は、すっかり私の母親だね、明子は。

一時は口うるさい母親役の明子に、うざったさを感じたこともあったが……あれは、反抗期だったのかね。今じゃ、なんとも思わず、すんなり受け入れてしまっている。

眼鏡を拭き終えた明子が、棚を覗きこみ、原稿用紙の在庫状況を確認し出す。それから、ひろ江が午前中に書いた原稿を読み始めた。

ひろ江は黙々と冷やし中華を食べているふりをしながらも、明子の様子が気になって仕様がなかった。

書くことは辛く、楽しい。

この感覚は取り戻せたような気がしてはいるのだが、出来については、正直よくわからなかった。ただ……もう、どこかの誰かがどう思うかに、気を揉むのは止めにした。自分の信じるがまま書くことにした。己の業に従うようになった途端、万年筆が動き出した。

だが、残念ながら、この万年筆の調子がここ数日思わしくなかった。カートリッジにはインクがたっぷりあるのに、突然インクが出てこなくなるのだ。仕様がないので、鉛筆に持ち替え、しばらく万年筆を休ませておくと、またインクが出てくるようになる。修理に出せば、直してもらえるのはわかっているのだが、調べてくれた明子によれば、手元に戻るまで一ヵ月近くかかるという。とんでもない話だった。手が勝手に動くことがあるのだ。思ってもいないシーンを、手が書いてしまうのだ。自分の書いた文字を目で追っているうちに、そうか、そういうことだったのかと、登場人物の心情を初めて理解する時さえあった。そうした不思議な現象は、長年苦楽を共にしている、一本の万年筆でしか起こらない。明子に勧められて、誰かから貰っていた数本の万年筆を試してみたが、まったく話にならなかった。それで、明子が製造元に問い合わせをしてくれたが、すでに廃版になっていて、同じ物はもうなかった。だから、この万年筆を騙し騙し使い続けるしかないのだが。

明子が原稿を机に戻した。

ちらっと探ると、満足そうな顔をしていて、ひろ江はほっとする。

すぐに苦笑いをする。自分の信じるがままに書くと決めたと言っているそばから、明子の顔色を窺っているんだから——なにやってんだろうね、私は。これじゃまるで、世間の評価は気にしないが、明子からは評価されたいと思っているようじゃないか。

明子が机の万年筆を持ち上げ、そのペン先をじっと見つめ出す。

そのペン先はすっかり潰れてしまっていた。原稿用紙に強くぶつけ過ぎなのだ。わかっているのだが、もう癖はぬけない。だが、これからはもう少し労《いたわ》ってやらなくてはいけないだろう。これからも一緒に泣いたり笑ったりしたいのなら。

ひろ江は麺を箸で摘まみ上げ、一気に啜った。と、息が苦しくなって、咳き込んでしまう。

明子はすぐに立ち上がり、ひろ江の背中を擦《さす》った。「変なところに入っちゃった？ 慌てない、慌てない」と声を掛ける。

擦り続ける明子の心は、浮き立っていた。

この三ヵ月ほどの間、いつもわくわくしていた。それは、可笑しな話だと自分でもわかっていた。明子は離婚し、ひろ江の収入はゼロのままなのだから。家のローンはないとはいっても、預金残高を気にしながらの毎日に、不安になるのが普通だと思う。だが、明子の胸には喜びが溢れていた。興奮してもいた。

ひろ江がいい小説を書いている——。

それだけで、明子は満足していたのだ。

「それじゃ、ゆっくり息を吸おう」明子は言う。「はい、ゆっくり吸ってー、はい、今度は吐いてー」

明子の言葉通りに深呼吸をするひろ江が、なんだか可愛く思えた。

11

明子は静かに泣いた。涙が止まらない。嗚咽《おえつ》も零れてしまう。

素晴らしかった。はっきりしていることは、ただ一つ。これは、ひろ江が今まで書いた中で最高傑作だということ。

主人公の女性は酷い目に遭うのだが、必死で生きていた。手書き原稿をワープロ打ちしながら、いつの間にか、彼女の心の痛みが明子の痛みになるほど、主人公に寄り添っていた。主人公の幸せを心から願っていたが、ラストはそうはならなかった。少し苦味の効いた結末は、ひろ江らしいといえばひろ江らしく、それがまた深い感動を与える。

とにかく、これは凄い。これは、これは……。

いつの間にか、明子は立ち上がっていた。

はっとして、椅子に座り直す。

最後の行に「終」の文字を入れようとキーボードに手を置いた時、自分の指が震えているのに気が付いた。

なんとか入力し、データを保存してから部屋を飛び出した。

階段を駆け上がり、ひろ江の書斎のドアを開ける。

――いない。

階段を駆け下り、キッチンを調べ、リビングを覗き、トイレとバスルームを探したが、ひろ江はいなかった。なぜか明子は動揺して、廊下をうろうろと歩く。そうだ、寝室がまだだったと気付き、階段へ向かい掛けた時、視界の隅に黒いものが入ってきた。

応接室の窓辺に走り寄り、庭を眺める。

あんなところに――。

小雨が降る中、男物の黒い傘を差したひろ江が立っていた。

明子は庭に飛び降り、ひろ江に駆け寄った。

振り返ったひろ江に、明子は抱きついた。「ひろ江ちゃん、凄いわ。あの小説。凄いのよ。とにかく。感動した。それで……えっと、なに言おうとしてたんだったか、忘れちゃった」

笑い声を上げる。「なんだよ、それ」

「こういう小説を読みたかったの、私。そのことに気が付いた。ありがとう。あの小説を生み出してくれて」

ひろ江はなんだか少し照れ臭くなる。作家を、そんなに手放しで褒めちゃダメだろうに。調子にのる生き物なんだからさ、作家ってのは。

今、ひろ江は安堵感でいっぱいだった。

登場人物たちを、彼らの住む世界へちゃんと送り届けることができて、ほっとしているのだ。自分の頭で作り出したのだから、彼らが住む世界も自分の頭の中のはずなのだが、いつしか、ちゃんと彼らが住む別の世界があるように捉えていた。一時的にこっちの世界にやってきてくれた彼らと、一緒に時を過ごしたといった感覚だった。書き終えるということは、彼らを無事に本来の世界に戻してやること。それができた今、肩の荷が下りたようだった。

明子が興奮気味に言った。「ね、すぐに編集者に読ませよう」

肩を竦《すく》める。「どこの出版社も相手にしてくれないだろう」

「どうしてよ。そんなことない。素晴らしいんだから」

「素晴らしいかどうかは、読んでみないとわからないだろ。ところが、編集者は読まないんだよ、私の小説は。もう。だから、素晴らしいかどうかわからないのさ。列を作って私の原稿を待っていた頃とは違うんだ」

「そんなことないって。こんなに凄い小説を読まない編集者なんて――バカだわ。もし、そんな編集者がいたら、私付ける薬、買ってくる。そうでしょ？」

ひろ江は思わずにやりとして、それから「中に入ろう。肩が濡れちゃってるじゃないか」と促して歩き出した。

すると明子が傘の下から飛び出し、顔を空に向けた。「興奮してるから、濡れた方がちょうどいい」

「馬鹿なこと言ってんじゃないよ。風邪引いたらどうすんだよ」明子に傘を差し掛ける。

しかし、またもや傘の下から飛び出してしまい、ひろ江の周りを一周する。

そして勢いよく傘の中に戻ってくると、ひろ江の腕を摑んできた。「ひろ江ちゃん、ありがとう。私すっごく、すっごく嬉しい。ひろ江ちゃんの物語が帰ってきたって気がする。

ううん、違う。帰ってきたんじゃなくて、生まれ変わって、パワーアップして、強くなって、登場してきたって感じ」

「なんだい、それ。それじゃあ、戦闘モノのヒーローみたいじゃないか」

「あっ、本当ね。そんな感じ」

明子が笑い出した。

それを見ているうちに……この笑顔にいつも救われてきたのだったと、ひろ江は思う。

明子はひろ江の腕を取り、庭を歩き出した。雨を喜んでいるかのような紫陽花《あじさい》が、目に入る。

明子は占いに頼ったり、縁起を担いだりする方ではなかったが、紫陽花が商売繁盛を祈って飾る花と知ってからは、特別目を掛けて育てていた。例年とても強い、くっきりとした青い色の花を付けるので、ここの土は酸性度が高いのだろう。今年はいつもの年より、さらに青さが際立っていたので、それが吉兆のような気がしていた……。

今になると、なにもかもが、あの小説が生まれるために必要なことだったように思える。本が売れなくなったことも、みのるとのことも、祖父の死も——なにもかもが。ひろ江に思い知らせてくれたのだ。書くしかないのだと。それが、ひろ江の業であるのなら。

明子はひろ江の白髪へ目を向けた。

みのるがいた頃はこまめに黒く染めたがり、それは明子の仕事だった。ひろ江の首にビニール製のケープを巻き、美容師のように背後から染めていくのだ。二種類の毛染め液を混ぜると強烈な臭いがして、そのせいか、明子はいつも気持ちが暗くなった。それも、みのるとの仲が終わるまでのこと。今では髪の八割ほどが白くなっているが、染める気はないようだった。

久しぶりに、髪を染めようと言ってみようか――。

前は、嫌だった作業も、今なら楽しめるような気がする――。

庇《ひさし》の下に入ると、ひろ江が傘を閉じた。

その傘をゆっくりと二度振り、滴を掃《はら》った。

12

「よ、読んでいただけましたか?」と、明子は尋ねた。

受話器から返ってきたのは「ごめん。まだなんだよね」という結城の声だった。

明子は訴える。「ほ、本当に素晴らしい作品なんです。私が言うのもなんですが、最高傑作なんです。よ、読まないなんて、勿体ないんです。これを発表しない手はないんです。お願いですから、読んでください」

「ホント、ごめん。読みたいって気持ちはさ、十二分にあるんだよ。明子ちゃんがそこまで言うっていうのは、相当なんだなって思うからさ。だけどさぁ、今抱えてるゲラが何本かあってさ、それがちょっとトラブル含みでさ、なかなか時間取れないんだよ。読むよ、絶対。ただ、もうちょっと待っててよ」

「せ、先週も同じこと言ってました」

「悪いね、本当に。読んだら、必ず連絡するから。だから気長に待っててよ。でさ、これから会議だから。そういうことだから、じゃ、切るよ。それじゃね」

電話は切れてしまった——。

なんなのよ。どうして、そんなに時間がないのよ。能力がないから仕事が片付かないのに、忙しいと勘違いしてるだけなんじゃないの？　いつも特別扱いしてあげてきたのに。俄《にわ》かにひろ江の原稿を皆がねだり出した時だって、不遇の時に執筆の場をくれていたという感謝の気持ちがあったから、色々優遇してあげた。それなのに。

明子は電話機を睨みつける。

むかむかした気分は、どうにも収まらない。立ち上がり、事務部屋の中をうろうろと歩き回った。

まったく。この小説を読まないなんて、どうかしてる。結城に腹は立つが、電話に出るから、まだいい方だった。ひろ江の原稿を欲しがり群がっていた編集者たちのほとんどは、明子からの電話に居留守を使い、出てもくれない。

千絵が文芸の編集部に戻っていたら良かったのだが――。どんな時でも変わらず応援してくれていた千絵は、今はタウン情報誌の編集部にいて、力になってくれそうになかった。

なんだか全身が熱くて、扇風機の風力を「弱」から「強」に切り替える。

作家なんてものはね、今日明日できるもんじゃないんだから。五年とか、十年といった長い年月をかけて徐々に円熟していくものなんだから。それを待ってなさいよ。その間見守り、育てていくのが、あなたたちの仕事じゃない。それを。この人の本が売れた。はい、原稿くださーい。こっちの人の本が売れた。原稿くださーいって、なによ、それ。

あぁ、腹が立つ。

冷たい物でも飲んで内側から身体を冷やそうと、部屋を出てキッチンに向かった。

冷蔵庫を開けようとした時、ランドリールームから音が聞こえてきた。

不思議に思って、ランドリールームを覗くと――ひろ江がいた。正座し、その膝に姫をのせている。

ひろ江が姫を抱いているなんて……初めて目にする出来事だった。

姫は人間の年齢に換算すると、まだ三十歳程度だったが、重い病気にかかっていて、もう長くは生きられないだろうと獣医からは言われていた。

姫はひろ江に撫でられるのに慣れているかのように、すっかり安心しきった顔つきをしていて、されるままになっている。ひろ江は姫を嫌っているとばかり思っていたのだが。

明子はなんとなく、戸口にそのまま座り込んだ。

ひろ江が姫に向かって語り出した。「あんたは頑固過ぎるんだよ。一度決めたら、毎日同じ餌しか食べないって、どういうことだよ。飽きるよ、普通は。だけど、あんたは普通じゃないからね。いっつもびくびくしてるばっかりだしね。愛想の良さが微塵《みじん》もないってのは、ペットとして致命的だよ。ひたすら飼い主に媚を売るべきだろう？　ペットなんだから。それがペットとしての正しい生き方だろうに。大体、あんた、マイペース過ぎるんだよ。だけど、そのマイペースさが、あんたの魅力なのかもしれないね。

急に周りに人が集まり出した時――たくさんの人に囲まれていればいるほど、孤独が骨身に沁みるなんて、そうなってみるまで、思いもしなくてさ。注目されるということと、孤独はセットだった。焦りというおまけ付きだったしね。自分を信じることの難しさを思い知ったよ。世界が敵だらけになった気がしていた頃、自信たっぷりのエゴイストが現れて、やけくそのように落ちてしまった。ちゃんといたのにね。いい時でも、悪い時でも、どんな時でも側にいてくれる人がさ。マイペースで、変わらずに私を支えてくれる人が。そういうの見えなくなるんだね、環境が激変すると。感謝してるんだよ。そういうの、わざわざ口にするの、照れるから、言わないでいるけど、ちゃんと感謝してるから。あんたにそっくりのぬいぐるみを、持ってたんだよ。姉さんが娘に買ってやった、たった一つの贈り物でさ。いつも、そのぬいぐるみを胸に抱いてたね。それで、私を追い掛けてくるんだよ。寝る前に本を読んでくれって言って。たまに本に書いてある通り読んでやるとさ、きょとんとした顔をして、今日のはつまんないって言うんだよ。六歳ぐらいのくせして、生意気だろ。しょうがないから、テキトーに話を創って聞かせてやると、目を輝かしちゃってさ。最初っから、寝る気ゼロなんだよ。だけど、こっちも嬉しかったのかな。自分の創った物語を楽しむ姿を間近で見られて。あの体験があったから、作家になったのかもしれないね。私はさ、もう平気なんだよ。誰も私の小説を読んでくれなくても、貧乏生活に戻っても。私にはいるって、知ってるから。私を信じて、支えてくれる人がいるってことをさ」

それって……。

それって、私のこと、よね？

なによ、それ。姫のことと、私のことをごっちゃにして言っちゃって。もっとちゃんと、感謝しなさいよ。ウサギに向かって言うんじゃなくて。

でも——いいわ。それが、ひろ江ちゃんにとっては精一杯の表現だって、わかってるから。

すっと、明子の目から涙が零れた。

感謝されたいと思ったことはなかった。一度だって、そんなことは——。だが、どうしてか、明子は今とても感動している。

これまでの私の十四年間が報われたような気がして——。胸が、温かく柔らかいもので満たされていく。私の人生だって素晴らしいのだと、認めて貰えたようで……生まれて初めて、自分を誇らしく思った。

涙が次々に溢れてくる。

明子は両手で自分の顔を覆った。

13

結城がデスクから顔を上げた。「どうしたの?」

「お、叔母の原稿を、結城さんがまだ読んでいないなら、読み終わるまで、こちらで待たせていただこうと思いまして、寝袋、食糧、着替えを持参してきました」と明子は答え、足元のバッグを指差した。

結城の顔に困ったような表情が浮かぶ。「ごめん。まだなんだよ。わかったから、明子ちゃんの気持ちは。物凄く。今夜読むから。絶対。だから、今日のところは帰ってくれないかな？」

「お、お断りします。こちらで待たせていただきます」

「待つったってさぁ……僕の勤務先のここで、待つって、そう言っちゃってるんだよね？ね、これ、見てよ。このデスクの上の、これと、それからこれもゲラ。こいつらを片付けないといけないわけよ。でね、印刷所に渡したら、夜はさ、会食の約束があるんだな、これが。どう考えたって、樺山さんの原稿を読む時間は取れないんだよ。だから、会食が終わって、自宅に戻ったら、必ず自宅で読むから。明子ちゃんの気持ちは、ちゃんと僕理解したから。だから、ね？」

深くお辞儀をした。「お気遣い、ありがとうございます。ですが、帰るつもりはございません。どうぞ、お仕事なさってください。私はこちらで待たせていただきますので」

明子はバッグを肩に担ぐと、フロアの隅にある、社員用の休憩コーナーへ移動した。

個人ロッカーに囲まれたそこには、ソファが四つとローテーブルが二つあった。

結城のデスクから明子の姿が見えるであろう位置を探し、そこに腰掛けた。バッグから本を取り出し、読み始める。

それからは、ふらりと休憩コーナーにやってきた、事情を知らない出版社の社員らが、明子を見つける度、驚いたり、不思議そうな表情を浮かべたりしたが、すべて無視した。そうしているうちに、やがて誰も休憩コーナーにやってこなくなった。

周囲のざわめきに気が付き、明子は立ち上がる。

フロアを眺めると、三十人ほどの人たちが、それぞれのデスクにつき仕事をしていた。その日一番の混雑ぶりで、腕時計は午後六時を指していた。

立ったついでに、首と肩を回して軽いストレッチを始める。

と、「ふざけたこと言ってんじゃねぇ」という怒鳴り声が、聞こえてきた。

明子は身体を後ろに捻る運動をするように見せかけながら、背後を探る。窓を背にした位置にあるデスクの男性が、発した声のようだった。

その男が電話の相手に向け「具合が悪いで、締め切りを延ばすか、バカ。点滴するなり、縫《ぬ》うなりして、とにかく締め切りに間に合わせろ」と言うと、受話器を叩きつけた。

またやってるよ。結城は原田《はらだ》デスクに向けていた目を、腕時計に移した。おっと、もう六時だ。そろそろ出る準備をしないと。

結城は休憩コーナーに視線を向けた。

明子がストレッチ運動をしている。

参ったな。明子が突然押し掛けてきてから四時間が経っていた。この調子だと、本当にここに居座るつもりかもしれない。確かに、読むと言っておきながら、今まで読めていなかったのは悪いとは思うが、ひろ江だけを担当しているのではない。たくさんの作家を抱えていれば、優先順位をつけて仕事をすることになる。そうなれば、いの一番にひろ江の原稿を、とはならない。以前囁かれていたように、可哀相だが、ひろ江はもう終わった作家なのだ。それでも結城が担当でいるのは、温情だった。ひろ江の作品で、そこそこ儲けさせてもらったこともあったので、無下にはできない。それだけなんだが。そこら辺のところを、明子は理解できていないのだろう。

作家になりたいという輩《やから》はわんさかいる。自称作家もうじゃうじゃいる。一時期ちっと話題になった過去をもつ作家も、たくさんいた。そうしたのが皆、自分の作品を読んでくれと言ってくる。そのすべてに、自信の作品で、凄くて、傑作で、素晴らしいとの枕詞がついていた。だが、大抵は箸にも棒にもかからない。二百の作品を読んで、これはというのに一つでも出合えたらラッキーな方だ。それでも諦めず読み続けるのが、編集者だった。因果な商売なのだ。昔先輩から、編集者はこうあるべきといったアドバイスをよく受けたものだった。そのほとんどは忘れてしまった。忘れてもいい程度の内容だったのだろう。だが、編集者は因果な商売の言葉だけは胸に残っている。まさにその通りだと思うからだった。

結城は支度を済ませると、立ち上がった。

上着と鞄を手に休憩コーナーに向かう。

明子に声を掛ける。「これからさ、会食に行くんだよね。もう一度言うけど、読むよ、自宅で。だから、もう帰った方がいいんじゃない？　ここにいたって、僕にプレッシャーかけられないよ。僕出かけちゃうんだし」

明子が本を閉じ、結城を真っ直ぐ見てきた。「こちらで待たせていただきます。行ってらっしゃい」

本に目を戻した明子の耳に、殊更《ことさら》大きな結城の吐息が聞こえてきた。だが、全然平気だった。これが、明子の役割だから。これが、私の人生——誇らしい、私の生き方だもの。

午後八時を過ぎ、フロアにいた社員の数がぐっと減った頃、明子は給湯室で湯を貰い、カップラーメンを作って食べる。少し緊張しているのか、味はよくわからなかった。

人の気配がして明子が本から顔を上げると、横に結城が立っていた。壁の時計は午後十一時を指していた。

「ガッツあるね」と結城は言い、「見直したよ」と続け、テーブルに折り詰めを置いた。

「これ、お土産。僕は腹いっぱいだから、全部食べていいよ。それじゃ、これから樺山さんの原稿、読ませてもらうよ。自宅じゃなく、ここで」

「酔ってます？」

「ん？ いや。今夜の相手は下戸《げこ》の作家さんだったんで、アルコールは一切身体に入れてない。なに？ 酔ってたら、読ませてくれないとか？ 大丈夫。素面《しらふ》だよ」

すっくと立ち上がり、深々と頭を下げる。「お疲れなのに、無理を言って申し訳ありません。でも、後悔はさせませんから。叔母が魂を削るようにして書いた作品です。どうか、よろしくお願いします」

結城が片手を上げ、ソファから離れていく。

一番奥の一角にだけ、天井の蛍光灯が点いていて、その下で男性が一人仕事をしている。結城が天井の蛍光灯を点けて自分の席だけを照らすようにし、さらにデスクライトも点けた。暗いフロアで、二人だけがスポットライトを浴びているかのようだった。

明子は折り詰めの寿司を口に入れる。このかんぴょう巻きは、なぜかちゃんと美味しく感じられた。

午前三時を回った頃、それまでより強烈な眠気が襲ってきた。明子は立ち上がり、身体を回し、背伸びをした。その場で両手を大きく振って、足踏みまでしたが、眠気は一向に去ってくれない。結城を窺うと、真剣な表情でひろ江の原稿を読んでいた。

眠気覚ましにコーヒーを淹れようと、バッグからインスタントコーヒーを取り出す。給湯室で二杯分のインスタントコーヒーを作り、部屋に戻った。結城にそっと近づき、マグカップを置く場所を探したが、残念ながらデスクには僅か五センチ四方の隙間さえなかった。仕方がないので、隣のデスクを借りることにする。

「コーヒー、ここに置いておきますから」と声を掛けたが、結城からはなんの返事もなかった。

結城が夢中で読んでいる――。

そうやって、もっと前から読んでいればよかったのよ。原稿を渡して、すぐにね。ま、いいわ。今読んでるから。

明子は結城から離れ、ソファに戻った。靴を脱ぎ、足をソファにのせて揉み始める。エアコンが効いた部屋にずっといるせいか、足がむくんでいた。明子もひろ江もエアコンの冷房が好きではなく、夏の昼間に使用する程度で、扇風機の方を愛用している。それは今のように、電気代を節約するという意識をもつ必要のなかった頃からだった。

ふいに、今の屋敷に引っ越して、初めてエアコンのスイッチを入れた時のことが思い出される。

あれは、引っ越しをした翌日だった。ひろ江が書斎に備え付けのエアコンを見上げ「もしかすると、あれは、エアコンじゃないかい？」と質問してきた。「そうよ」と明子は答え、壁にあったリモコンを外して、スイッチを入れてみせた。たちまち冷たい風が吹き出してきた。ひろ江は目を丸くして「扇風機より随分と静かなのに、風は強いね」と言った後で、「贅沢過ぎやしないかね。これじゃ、まるで大金持ちの暮らしのようじゃないか」と続けた。

あの時のひろ江はなんだか微笑ましかった。それまでつましく暮らしてきたからともいえ、少し切ない気もしたが。

午前五時を過ぎた頃から、部屋の雰囲気が変わり出した。ブラインドの隙間から朝日が差し込み、重く沈んでいた空気が、どんどん軽くなっていく気がする。

窓際に進み、外を窺うと、まだこんな時間だというのに、車道にはたくさんの車が走っていた。

「明子ちゃん」

結城の声がして、振り返った。

結城が明子に向かって真っ直ぐ歩いてくる。

明子はその場で結城を待った。

明子の前で足を止めると、結城が興奮した様子で言った。「素晴らしい。凄い作品だ。樺山ひろ江の復活だ。すぐに出版しよう」

明子は静かに頷いた。

「なにそれ」結城が言う。「随分と冷静じゃない。根性みせて、ここに居座ると宣言した割に。ここはさ、やったぁとかって、一緒にガッツポーズするところじゃない？」

「ひと匙分ほどの不安もありませんでしたから。読んで貰えさえしたら、最高傑作だということは、わかってもらえるという自信がありました。ですから、そんな風に結城さんが言ってくださるの、当然だと思ってるんです」

一瞬目を瞠《みは》ってから「なんか、明子ちゃん……変わったね。強くなったのかな？」と尋ねてきた。

「はい。強くなりました」と、明子は答えた。

第三章

1

三木育子《みきいくこ》が興奮したような声を上げる。「安藤みのる、ですよね？　俳優の。やっぱり違いますね、美しさが。並み外れてますよ」

明子は苦々しい思いで家政婦の言葉を聞く。

去年雇った育子は、以前のことを知らなかった。だから突然現れた美しい俳優に、舞い上がっているのを隠さない。

よくもまぁずうずうしくも顔を出せたもんだと、明子は呆れと憤りでいっぱいだったが、そうした思いに育子は気付く様子はなかった。

明子がむかむかしているのには、もう一つ理由があった。ひろ江の態度だ。

ひろ江に、みのるの来訪を告げると「会うよ」と言った。

「どうして？」と明子が驚いて尋ねると、「どんな用事か聞いてみるのも、一興だろうよ」と答えたのだった。

ひろ江の作品を読ませるため、結城の職場に寝袋持参で押し掛けたのは、二年前。『軒並みの幸せ』というタイトルで出版されると、すぐにベストセラーとなった。途端に、明子に居留守を使っていた編集者たちから、連絡が入るようになった。そして再び、原稿をくれと言う人たちの列ができている。ひろ江のペースで作品を仕上げられるよう、連載の数を絞り込んでいるために、原稿待ちの列は以前より長くなっていた。

そうしたこと以上に明子を喜ばせたのは、ひろ江が再び性根を据えて書くようになってくれたことだった。ひろ江は以前のように、原稿用紙にその魂をぶつけるようになった。格闘の跡を辿り、生まれたばかりの物語を真っ先に読めるのは、明子の特権。その幸せを満喫しているところだったのに……。

育子が焼いたパウンドケーキとコーヒーを持ち、明子は応接室に入った。

ひろ江とみのるは向かい合って座っていて、何事かを楽しそうに話している。

みのるがこの家にやって来たのは、およそ四年ぶり。その間、みのるは先輩女優との婚約を解消した時に、一時話題になったが、俳優としての仕事に目立ったものはなかった。

二人だけにしてはいけないと感じた明子は、カップと皿をテーブルに並べると、オットマンに腰掛けた。堂々と見えますように。そう祈りながら。

みのるは紺と白のボーダーTシャツに、紺色のジャケットと白のパンツを穿いていて、それは悔しくなるほど似合っていた。アクセサリーのつもりなのか、隣に置いた鞄の上には、ボクシンググローブがあった。

ひろ江がみのるに問いかけた。「それで？　今日はどういう用件で？」

肩を竦める。「用はないんだ。久しぶりに、ひろ江さんに会いたいなって思ったんだよね。ボクシングの練習中に。そうしたら、全然集中できなくなっちゃって。コーチにも、今日はどうしたんだって聞かれたけど、自分でもどうしてかわからないから。なにも答えられなかったよ。練習を早目に切り上げて、気が付いたら、ここに向かっていたんだ」

明子は鼻を鳴らしそうになった。

しかし、ひろ江は真っ直ぐみのるを見つめるだけで、馬鹿にしたり、呆れたりする様子は見せなかった。

みのるがボクシングの構えをして、拳を右、左、右と前に繰り出した。「来年映画でボクシング選手の役をやるんで、今から準備してるんだけど、結構はまっちゃって。奥が深いんだよね、ボクシングって。撮影が終わっても続けるような気がしてる、今からね。映画、完成したら、ひろ江さんには絶対観て欲しいな」

ひろ江は返事をしなかったが、それをたいして気にもしていない様子で、みのるは「いただきます」と言うと、パウンドケーキに手を伸ばした。

そしてひと口食べると、「これ、旨い。明子ちゃんの手作り?」とみのるが聞いてきた。

明子は本当のことを教えてやるのさえ嫌になって、頷く。

すると、みのるが「やっぱ、明子ちゃんは料理上手だね。すっごい旨いよ」と感動したかのような声を上げた。

たちまち明子の胸はすっとする。小さなことだが、みのるを騙してやれたから。

「映画といえばさ」みのるが言い出した。「知り合いのプロデューサーから聞いたんだけど、『いつもと違う黄金を』、映画になるんだってね。その映画の主演、僕にやらせてもらえないかな?」

かぁっと明子の身体は熱くなる。そういうことね、今日来た理由っていうのは。ひろ江の利用価値がなくなったとみるや、この家に来なくなったくせに。ひろ江が再び注目を浴びるようになった途端、性懲りもなくやってきて、その影響力を使いたいといけしゃあしゃあと言う。なんて男なんだろう。未だにひろ江から愛されていると思ってるんだから、お笑い種《ぐさ》もいいところ。さっさとこんな男、一刀両断しちゃって。背中に塩を投げつける役は、私がやらせてもらう。ほら、早く。と、ひろ江に目を向けると——。

明子は愕然とする。

ひろ江の顔には、楽しそうな表情が潜んでいた。

どうして？　まだ、こんな男に未練があるとか？　やっと自分を取り戻して、いい作品を書けるようになったっていうのに、また同じことを繰り返すつもりなの？　この男は、また同じことをするわよ。間違いないわ。世界中の誰もがわかっていることなのに、どうしてわからないの？

もどかしさが、やがて怒りに変わった。だが、ひろ江に対する怒りは長続きしなかった。すぐに明子の胸は遣る瀬無さでいっぱいになる。

みのるが口を開く。「本、読んだ時、この主人公、僕のことだなって、すぐにピンときたよ。勿論、生い立ちやエピソードや、そういったことは、僕とはまるっきり違っているけど、核っていうのかな——根っこっていうのかな。そういうのがね。このモデルは僕だなって、そう思った。映画化の話を聞いてさ、それなら、僕がやるべきだって思ったんだよね。繊細さと豪胆さを併せもつ男だよね、主人公の大下貴文《おおしたたかふみ》って。冷たい部分もあるし、優しい部分もある。そういう複雑な男ってさ、俳優として演じがいがある役だしね。特に後半にむかって優しい気持ちを覚えていくあたり、難しいよ。誰でもできるって役じゃない。でも僕なら、できるって自信がある。この作品がさ、俳優、安藤みのるの飛躍を後押ししてくれるに違いないって思ってるよ。そうだ。映画の前に、舞台もやろうよ。今度はさ、ちゃんとした有名な脚本家に書かせるから。ね、いいよね？」

みのるの声に甘えを感じ取った刹那、明子の腕に鳥肌が立った。思わず、手で擦る。

ひろ江が喋り出す気配がして、明子は息を凝らした。

一拍置いてから、ひろ江が言った。「考えておくよ」

えっ……。

考えておく？

ひろ江ちゃん、お願いだから——二度と来るなって、こいつに言ってやって。二度と私をあてにするなって、そう言ってやってよ。お願いだから——。

明子はぎゅっと目を瞑った。

＊＊＊

事務所に入ってきた龍成に、照子は声をかける。「あんたに言ったよね。もうあんたの飲み代のつけは払わないって。なのに、どうして、今月もこうして私宛に請求書が届いているのさ。説明して貰おうじゃないか」

ゆっくりとした足取りで龍成がソファまで歩く。

そして、杖を支えとしながら、革張りのソファにどさりと腰掛けた。

その杖を自分の横の座面に置くと、両腕を背もたれの上にのせた。「用事ってのは、それか？　そんなことのために、俺を呼び出したのか？」

デスクの上の請求書を、龍成の前のローテーブルに放った。「そんなことのためっていうなら、小屋の名前で酒を飲んだりせず、自分の財布にある金で飲むんだね」

「ケチ臭いこと言ってんじゃねぇ」

「言ったはずだよ。この小屋は傾きかけてるんだ。何年も前からね。流行らないんだよ、今みたいな、ショーなんてのはさ。映画だよ、これからは」

「映画館なんかにしてみろ。殺すぞ」

「なに勘違いしてんだよ。この小屋は私のもんだ。死んだ夫が、私に残してくれたもんだ。あんたみたいな流れ者に、五年もの間ショーをやらせてやっていた私に、感謝の言葉の一つも言ったらどうなんだ。こっちは、あんたと懇《ねんご》ろになった私が悪いと、自分を責める毎日だよ」

「勝手に言ってろ」龍成が切って捨てる。「そんなことより、いい話をお前にもってきてやったぞ。凄いアイデアを思い付いてな。今の脱出モノより何倍も派手で、スケールがデカいんだ。水と猛獣を使うんだよ。な、いい話だろ？　すぐに実験を始めないとな」

照子は開いた口がふさがらない。どうしたら、この男に現実を理解させられるだろうか。連日大入り袋が出ていたのは遥か昔のことで、ここ三年ほどは、出演者より、客の方が少ない日さえあるような状態だという現実を。

飽きられたのだ、龍成一座は。歌があって、踊りがあって、芝居があって、手品があるようなショーは。いちどきにたくさんのものを楽しめると、人気を博したこともあったが、時代は変わった。小粒の偽物をそれらしく飾って、たくさん披露するようなショーでは、客は物足りなくなった。今は本物が求められている。だが、龍成一座に本物はなかった。ショーのことは素人だったので、すべて龍成に任せてきたが、それぐらいはわかる。もうショーには見切りを付けて、映画館に改装するのが、この小屋を存続させる唯一の道だと思っているのだが――。

小屋の売上帳簿を見せようが、がらがらの客席を見せようが、龍成に時代が変わったのだとわからせることができない。手先は器用なのだから、それを生かした手品を、もっと小さな場所でやる方が向いているように、照子には思えるのだが、龍成は大がかりで派手な手品をやりたがった。それは大抵ラスベガスや東京で受けているというもので、それらを真似して開発や実験に挑む。だが多くの場合、それらは頓挫し、新ネタはできずに、借金だけが増えた。そんな状態でも龍成の自信は揺らがず、未だに手品界のスターになれると信じきっている様子だった。そうした自信たっぷりなところに惹かれたとはいえ、こうなってみると、それは邪魔でしかなかった。

黒いシャツに黒のスラックスを穿いた龍成を、照子は見つめる。

大柄で舞台映えのする男だった。気障《きざ》な所作も様になる二枚目。その流し目で、女性客を集めたこともあった。横柄な態度も、舞台に上がれば、押し出しの強さとなって客を掌握するのに役立った。杖を使い左足を少し引きずるように歩くのも、演出なのかと思うほど、威厳を増す効果があった。だが、それは遠い昔。

照子は釘をさす。「新ネタの開発費なんかに、一銭だって払わないからね。無い袖は振れないんだから。どうしてもやりたいというなら、自分の小遣いの範囲でやっておくれよね——」

突然、龍成が杖を振り上げた。そして物凄いスピードで杖を振り下ろし、テーブルを叩いた。

口を閉じた照子を睨むようにして、龍成は杖に体重をかけて立ち上がる。

再び杖を大きく振り上げ、今度は照子がついているデスクに、振り下ろした。と、見せかけて、デスクから僅か一センチほど手前で手を止める。

「くだらんことをぐだぐだ言っててんじゃやねぇ」とすごんでから、龍成はにやっと笑ってみせた。

それから杖をデスクから離し、杖先を床に落として言った。「いいアイデアなんだよ。皆があっと驚く仕掛けだ。もう、ここには完成品ができている」と、自分の頭を指差した。

「これまでほどには金はかからないから、安心しな」

龍成はゆっくりと部屋を横切り、ドアを開けた。

部屋を出る龍成に、照子からの声はかからなかった。

狭い階段を手摺りに摑まりながら下りる。

思わず、舌打ちが出る。

まったく。この階段は狭くてしょうがねぇ。

この左足のお陰で戦争に行かずに済んだから、普段はなるべく悪態をつかないようにしているが、この階段を下りる時だけは、左足を呪っちまう。

狭すぎる階段が悪いんだがな。

今日の龍成は機嫌が良かった。

ラスベガスで単独のショーを成功させている夢を見た翌日は、いつも上機嫌になる。何年も前から見ているこの夢は、日に日にリアルさを増していて、今ではその楽屋にあるドーランの容器の蓋までもが鮮明だった。夢で見ている成功を手に入れる日も、それほど遠くない。

龍成はそう確信していた。

夢を見た翌日はその確信が強くなり、機嫌がいい。それで、がちゃがちゃと煩い照子を打ち付けず、テーブルを叩くだけで済ませてやった。

楽屋の前を通って、客席に下りる。

すでに舞台上では座員たちがリハーサルをしていた。

龍成の登場で、場が一気に引き締まる。

その様子に龍成は満足し、全員の視線が自分に集まったのを確認してから、ゆっくりと通路脇の客席に腰掛けた。

龍成は来週からのショーの一部をいじるつもりだった。

客のほとんどは自分の奇術を観に来ていた。だがすぐに自分が登場しては、有り難味が薄くなってしまう。だから、トリを務める。しかし前座を担当する座員たちは力不足で、客を飽きさせずに、龍成の登場までの時間を持ち堪えることができなかった。それを補うには、ちょくちょく目先を変える必要があった。

舞台を五分ほど観た後で、龍成は「ダメだ」とリハーサルを止めた。

そして「早紀」と名を大声で呼ぶ。

下手側から、誰かに押し出されるようにして早紀が出てくると、龍成は告げる。「お前、この芝居の場面転換ごとに登場して、ストーリーを説明していけ。暗転したら、お前が出る。スポットライトをあてるから、そこで客に向かって説明するんだ。格好は、あの、金のスパンコールの、ラインダンスの時に着てたの、あったろ。あれを着ろ」

すると女形姿の青史が「それはちょっと、変じゃないですか?」と意見を口にした。「こっちは真剣に股旅物をやっているっていうのに、暗転した途端、踊り子の格好をした狂言回しが出てくるなんて」

「俺が座長だ」龍成は吠える。「俺に意見するとは、青史、その勇気だけは褒めてやる。なんだ? ほかにも文句のあるやつがいるのか?」

龍成は杖の先で座員たちを指していく。下手側から上手へと。

全員が俯いていて、龍成と目を合わす者はいない。

龍成は杖を下ろした。「お前らになにがわかる。これが、ショーなんだよ。奇想天外なものをショーと言うんだ。お前らは黙って、俺の言う通りにしてりゃあいいんだ。わかったか」

小屋は静まり返った。

＊＊＊

2

明子は決心した。今日こそ言う。

育子が、みのるの手土産だというドーナツを声を弾ませて自慢した時、明子は決めた。今日こそ、ひろ江に、みのるを出入り禁止にするべきだと忠告すると。

みのるは以前ほどではないにせよ、頻繁に屋敷に来るようになっていた。今のところ応接室だけが、みのるに許されている場所だったが、いつまた、ひろ江の寝室に出入りし出すのではないかと、気が気でなかった。

育子によれば、明子が図書館でひろ江に頼まれた調べものをしている間に、みのるはやって来て、応接室で『いつもと違う黄金を』の映画と舞台の両方で主役をやらせてくれと言っていたという。

まったく。あの男っていうのは。

明子は階段を駆け上がった。書斎をノックし、すぐに中に入る。

書斎に入って来るなり「ひろ江ちゃん」と明子が言ってきたので、ひろ江は「ちょうど良かった。これ、清書、頼むよ」とデスクの原稿を指差した。

珍しく険しい顔をした明子が、原稿用紙に目を留め、その場に棒立ちになっている。

少ししてから、明子が大きく息を吸った。

それから言葉を吐き出した。「みのるを、どうしてこの家に入れるの？　あの男がひろ江ちゃんを――ひろ江ちゃんは利用されてる。もう私、見てられない。あの男の魂胆に気付かないふりをするのは、止めて。『いつもと違う黄金を』の主役が欲しいだけなんだから、あの男は」

ひろ江は眼鏡を外し、デスクに置いた。「どうするべきだと思うんだい？　明子は」

「この家に入れない。電話も受けない。手紙もね。面会謝絶。できることなら、仕返しをしてやりたいぐらいだわ。シャットアウトするだけじゃなくね」

思わず、目を丸くする。「明子の口から、仕返しなんて言葉が出るとは意外だね。だけどさ、明子。仕返しっていうのが、どういうもんかわかってんのかい?」

「わかってるわよ」

「わかってなんかいないよ、明子には」

「わかってるって。だって、したことあるもの。本当よ。敦から離婚して欲しいって言われた時。別の女性との間に子どもができたから、別れて欲しいって、敦から言われて——ショックだった。それまで姑から、孫を産めない嫁として、事あるごとに嫌味を言われてきてたから。どれだけ、私が寂しい思いをしてきたか——ひろ江ちゃん、わかる? 仕返ししてやったのよ、だから。あのね、子どもができないのは、敦のせいだったの。病院で検査を受けた時に、敦には子どもを作る能力がないと医者から言われてたんだけれど、それ、可哀相だから、敦にも姑にも言ってなかったの。それで、私のせいって須関の人たちは思い込んでたのね。敦が別の女性との間に、子どもができるわけないのよ。確認したら、その人、本当に妊娠四ヵ月だったから、私その事実を教えないことにしたの。その方が残酷でしょ? 自分のじゃない子どもを育てるって方が。これが、私の仕返し」

ひろ江は立ち上がり「でかした。それでこそ、私の姪だ」と褒めた。

今度は明子が、目をぱちくりさせている。

ひろ江はすっかり嬉しくなって、デスクを回り込み明子の前に立つと、その頭を撫でた。

でかしたね。やるじゃないか、明子も。

そもそもひろ江は、あの男が気に食わなかった。初めて明子がこの家に連れて来た時からだ。査定でもするかのように部屋を眺め回して、こういうのが作家さんの家なんですねと言った。その言い草から、自分とは違う価値観のものは受け付けないといった、頑なさを受け取ったせいだった。明子が席を外した時、ひろ江は男に尋ねた。あなたには、明子じゃ物足りないのではないですかと。ほんのテストのつもりだった。するとあいつは、構いませんと答えた。その時、明子が部屋に戻ってこなければ、ひろ江はそこらにある尖ったもので、あいつの腹を刺していたように思う。構わないということは、物足りないと思ってはいるが、我慢するという意味だ。そんなことを言う男と一緒になって、明子が幸せになれるとは思えなかった。

だが、結局は懸念を示しただけで、二人の結婚に反対まではしなかった。惚れた腫れたは、当事者二人だけの物語。脇役が口を出したところで、物語の結末が変わったりはしないのだ。

ひろ江は言う。「予想通りといったら、なんだけど。明子とあいつとの結婚生活が長く続くようには思えなかったしね」

「どうして、そう思ったの？」

「結婚前に私に紹介した時だよ。明子、あの男の前でかんでたろ。緊張してるってことだろ、それ。夫婦になろうって男に気を許していないってのは、どうかと思ってさ、心配してたんだ。明子はさ、自分で思ってるよりわかりやすいんだよ、結構ね。私に対しては、一度だってかんだことないじゃないか。そうだろ？」

「……」

「いずれにしても、明子がちゃんと仕返しをしたと聞いて、私は嬉しいよ」再び明子の頭を撫でた。

その時ドアにノックの音がして、育子が来客を知らせてきた。

ひろ江がそのままの格好で出て行こうとするので、明子は慌てて引き留めた。毛玉だらけのトレーナーを脱ぎ、セーターに着替えるよう諭した。

そのトレーナーは着易いらしく、洗濯すると引き出しの一番下に入れるのだが、ひろ江はそれを引っ張り出して着てしまう。あまりにみすぼらしいので、もう捨てようよと提案した時には、物凄い剣幕で「嫌だよ」と言われてしまった。

着替えを終えたひろ江と二人で、応接室に入った。

中で待っていたのは、結城と映画会社のプロデューサー、山野《やまの》宏典《ひろのり》の二人だった。

山野は結城と一緒に時折やって来ては、『いつもと違う黄金を』の映画化へむけての進捗状況を報告してくる。来年の春に撮影し、夏の公開を目指していると聞いていた。五十代半ばぐらいに見える山野は、かなり太っている。食事の前後に薬を飲んでいたので、健康上の不調を抱えているようにも思われた。その真ん丸な身体と穏やかな語り口で、こちらの気持ちを和らげるような人物である一方、時折見せる鋭い眼差しが、辣腕との評判を得ている山野の一面を窺わせた。

第五稿の脚本に目を通したひろ江が言った。「前よりはましになってきたね」

山野が声を弾ませる。「ありがとうございます。いい感じに、きてるんじゃないかと思ってるんです。このまま——勿論、脚本はもっとブラッシュアップしていって、先生にご納得いただけるレベルにまでもっていきますが、流れといいますか、色といいますか、そういうのは、いい感じになってきたんじゃないかと。それで、今日なんですが、キャストのことをご相談できたらと思って伺いました。イメージに近い俳優さんというのは、いらっしゃいますか？」

「その前に」ひろ江が制した。「『いつもと違う黄金を』では、主人公の十八歳から三十歳までを描いているんだが、今その二十年後を書いているところでね。その本の発売を、映画の公開時期に合わせたらどうだろうか」

「その原稿」結城が慌てたように早口で言う。「うちが貰えるんですよね？」

ひろ江が頷く。「わかってるよ。『いつもと違う黄金を』をそちらさんで出したのに、その二十年後の話を、よその出版社で出すってのはおかしな話じゃないか。だから、出すとしたら、おたくからだよ」

「よかった」結城が安堵したような声を上げる。「二十年後を書いているなんて話、初耳だったから、びっくりしちゃいましたよ。うちで出せるんだったら、ぜひ、そうしましょうよ。映画の公開と同時に発売すれば、話題性がぐっとアップしますから。樺山ひろ江祭り、しましょうよ」

「それでなんだが」ひろ江が山野へ顔を向けた。「映画の方も、十八歳から三十歳までじゃなく、二十年後の五十歳までを描いたらどうだろうか」

「それはいいですね」結城がすぐに反応する。「そうなったら、『いつもと違う黄金を』も売れるでしょうし、これから出す、後日談的な本の方も売れるでしょうし、うちとしては万々歳です。山野さんの方は、どうですか？」

考えるような間を置いてから、口を開いた。「企画としては最高だと思います。さすが、先生だなと感心するばかりで。ただ……役者が――それだけの年齢幅を演じられる役者ってことになると、相当限られてくるんじゃないかと思うんですが」

ひろ江が答える。「だろうね。若い頃を安藤みのるに、二十年後を野毛慶三《のげけいぞう》にやってもらったらどうだろう。二人とも、この役をやりたがっているようだよ」

山野がぐっと前屈みになった。「野毛慶三が、ですか?」

「あぁ。本人に聞いてみたら、ぜひ、やらせて欲しいと言っていたね」

弾かれたように山野が身体を起こした。「そうですか。それは、凄い。いやぁ、野毛さんが。そりゃあ、こっちとしては大賛成というか、願ったり叶ったりです。野毛さんはあれだけの人ですから、皆使いたいと思うんですけどね、気に入った作品じゃないと、出ない人なもんで、なかなか。役の大きさとか、ギャラの高さとか一切関係なくて、出たいと思った作品に出るって役者なんですよ。ま、それが許されるってところもまた、一流の証なんですが」結城に話し掛ける。「安藤みのるについては、別に悪くないですよ。その配役の可能性、考えたこと、ありましたもんね」

結城が神妙な顔で頷いた。

なんなの、これ……。明子はしげしげとひろ江の顔を見る。

二十年後を書いているなんて、どうしてそんな嘘を吐くのだろう。ひろ江の側にいても、ひろ江のすべてを把握しているわけではないことは、よくわかっている。だが、原稿だけは別だった。ひろ江が書いている原稿はすべて、明子が把握している。明子が知らない原稿はない。断言できる。

まだメモの段階ということだろうか——ノートに書き付けた段階を、ひろ江が、今書いているなどと表現するとは考えにくいのだが。

野毛がやらせて欲しいと言ったというのは？　それも嘘なのか。それとも、それは本当なのか——。

なにがなんだか……。

明子は訳がわからず、ひたすらひろ江を見つめ続けた。

＊＊＊

川原に座り込む面々を見下ろして、娘は不審がる。

豊己に呼び出されて渋々娘が来てみれば、一座の人たちが勢揃いしていた。

だが龍成の姿はなく、代わりに皆の中心にいるのは照子だった。

照子に促されて娘が草の上に座ると、後ろの方から、バケツリレーのように卵が運ばれてくる。

娘は受け取り、それがゆで卵であることを確認した。

照子が口を開いた。「呼び出して悪かったね。小屋じゃ話せない内容なもんだから、ここに来てもらったんだよ。皆でここに何度も集まっちゃ、話し合いをしていたんだけど、知らなかったろ？　ま、当然なんだけどさ。知られないように注意してたんだから。今日あんたに来てもらったのには、訳があるんだ。頼みたいことがある。ここにいる全員からの頼みだ」

娘は座員たちを見回す。

ゆで卵を食べている者、真剣な表情で娘を見つめ返してくる者、隣の座員とひそひそ話をしている者——色々だった。

照子が続けた。「これ以上小屋を続けられない。オーナーとしての決断だ。皆はよくやってくれた。いい時もあったしね。でも時代が変わったんだ。ここは潔く再スタートを切るべき時だと思う。今なら、皆にそれなりの慰労金を支払える。だが、小屋をたたむのを一日遅らせれば、遅らせた分、借金が増えていくからね、慰労金なんて出せなくなる。今なんだよ。ところがだ。問題があるだろ、一つ。大きなのが。龍成座長だ。何度現実を見てくれと頼んでも、聞いてくれない。それどころか、新しい仕掛けを作るだのなんだの言って、借金を増やそうとしてる。そこで、あんたに登場願ったのさ。龍成座長に小屋を諦めさせる、なにかいい手立てを考えてくれないか？」

「私が？」大きな声で娘は確認する。

「そうだよ、あんただよ。あんた、いつも、明子ちゃんに物語を作ってやってるじゃないか。その調子でなにか企んでくれればいいんだよ」と照子が言うので、「それとこれと、どういう関係があるの？」と尋ね返した。

肩を竦めた照子が、座員たちを目で指し示し「あんたのほかに、誰がいるんだい」と開き直った。

娘は眉間に皺を寄せ、照子の言い分を吟味する。

だが、どれだけ分析しようと、自分がやるべき理由は見つけ出せなかった。そもそも、あのろくでなしの父親の考えを改めさせることなど、誰にもできないだろう。世界中の誰も。あのろくでなしは、手品が命なのだから。その手品を披露できる小屋は、なによりも大事なもの。その小屋をなくす計画に、納得するはずもない。

「ここにいる全員の」照子が言い出した。「人生がかかっているんだからね。そう簡単に、断ろうなんて思っちゃいけないよ」

娘は口を引き結び、俯いた。

考え込む娘の視界に、蟻の行列が入ってくる。

なんとなく右から左へと行進する蟻を追う。

照子が焦《じ》れたような声を上げる。「あんた、ちゃんと考えてないね。言ったろ。これには、皆の人生がかかってるって。幸子、あんたのこれからのことを話してやって」

名前を呼ばれた幸子が「洋裁の仕事を始めます」と答えた。

照子がその隣のゆりのを指すと、「結婚します」と宣言した。さらに照子が、その隣の座員を指名する。

「ヘアメイクの仕事に就く」「ダンススタジオで講師になる」「東京へ芝居の勉強に行く」と順に答えていくのを、娘は真剣な表情で聞いた。

そして、娘はゆっくり顔を左へ向ける。

かたまって座っている樺山家の者たちへ、尋ねるような視線を送ると、母親の聰子が大きく頷いた。

歌うように「潮時ってあるのよ、なんにでもね。それが今ってことなんだと思うわ。私はね、カラオケ教室の講師になろうと思ってるの」と聰子が言うとすぐに、姉の佐和子が「彼がね、俺が養ってやるから、君は働く必要はないって言ってくれてるの」と重ねる。

そこらで摘まんだらしい白い花を何輪か重ね持ちした弟の青史が、それを振り回すようにして「ボクは東京へ行くことにしたよ。ボクみたいなのが踊れる店があるらしい。ショーと酒で客を集めるような店がね。そ、れ、と、興味ないかもしれないけど、一応言っておくと、智彦はすでに姿、消したから。芳子と二人で」と言った。

「二人で?」と娘が確認すると、青史が「二人で」と繰り返した。

青史の膝の上では、ウサギのぬいぐるみを抱えた、姪の明子が眠っている。

青史が花を自分の耳の上に差し込んだ。「今朝早くのことらしい。大きなバッグを手にした二人が、小屋の近くや駅で目撃されてる」

聰子が「男と女っていうのは、不思議なもんねぇ。二人がそんなことになっていたなんて、私はまったく気付かなかったわ」とのんびりした口調で言うと、佐和子が頷き「男女のことだけは、予想するのが難しいのよ」とコメントした。

聰子が膝立ちすると、両手を左右に広げ「前向きな一家離散を目指しましょう」と言った。

それは、聰子がいつもステージで歌っている時に見せる所作だった。

「お前だけなのか?」と龍成が言った。

娘は頷き、車椅子の背後に回った。

「手続きと支払いは済ませたから」と言う娘の言葉に被せるように、龍成が文句をがなり立てる。「来るのが遅いじゃないか。退院の日には、もっと早く、大勢で迎えに来るもんだろうが。見舞いにだって、碌に来やしないじゃないか。座長が骨折で入院中だっていうのにだぞ。なんて薄情なやつらなんだ。お前もだ。病院に来たの、初めてだろうが」

娘は無言で車椅子を押し続ける。

正面口から出た二人は、列を作って客待ちをしていたタクシーの先頭のに乗り込んだ。車内に座ってからも龍成の不満の声は続いた。医者の無能ぶりについて、食事の酷さについて、同室の患者たちの愚かさについて——。

娘は窓外の景色を眺めるだけで、龍成の言葉に相槌も打たないし、返事もしない。

「その態度はなんだ」龍成が鋭い声を上げた。「お前は本当に冷たい娘だな。怪我をしている父親に、優しい言葉の一つもかけられないのか。青史も佐和子もだ。まったく。どいつもこいつも。そもそも、あの階段は前から危ないと言ってたんだ。狭いし、急だし、暗いしな。だが、あの日に限って、いつもより光を感じたんだ。ステップのところがだ。入院している間、何度もあの日の階段を思い浮かべてみた。暇だからな。どうして、いつもより明るさを感じたのか。あの階段に電灯はない。二階にある小さな明り取りから入ってくる光だけだ。天気がどんなによかろうが、小さな明り取りから入ってくる光の量が、そんなに変わるだろうかとな。あの場所全体に明るさを感じたんじゃない。ステップのところに明るさを感じたってのは、おかしいだろ。だから、見舞いに来た照子に聞いたんだ。あの日、ワックスでもかけなかったかとな。照子は知らないと言うから、週に何回か来ていた、照子が雇っていた、あの掃除女を病院に連れて来いと言ったら、辞めて、故郷に帰ったと言うじゃないか。あの掃除女だ。あの女が、ワックスでも塗ったに違いない。それで、俺が足を滑らしたんだ。突然辞めたっていうのが、なによりの証拠だ。もっと早く気付いていれば、あの女に同じ思いを味わわせてやったんだがな」

それからも、小屋に到着するまでの十五分ほどの間、龍成が並べ立てたのは、様々な人たちへの不平だった。

小屋に着くと、娘は運転手の手を借りて、龍成を車椅子に座らせる。

その間も、龍成が言い続けたのは、迎えに来るのが遅かった娘への非難の言葉だった。舞台開始前に到着できなかったのはお前のせいだと、娘を責めたのだった。

娘は無言のまま車椅子を押して、小屋の中に入る。

二人が客席に入ったと同時にブザーが鳴り、休憩が終わり、これから二部のショーが始まることが知らされた。

娘は車椅子を、一番下手側の通路の中央辺りで止めた。

そこは、舞台と客席の両方を観られる位置だった。

徐々に暗くなっていく客席を、龍成は訝《いぶか》しげに眺める。

どうしたんだ、これは。

客席がほぼすべて、客で埋まっているじゃないか。

ここ数年こうした状況を見たことはない。

と、突然華々しい音楽が聞こえてきた。

龍成ははっとして、舞台へと顔を向けた。

すっと幕が左右に開くと、そこには十人ほどの女たちがいた。すぐに始まった音楽に合わせて、その女たちが踊り出す。

俺の演出を変えやがった。あいつら——。俺が入院している間に、勝手にショーの中身を変更しているじゃないか。

龍成は怒りのあまり、両の拳を車椅子の肘掛けに何度も打ち付けた。

龍成が睨みつけるなか、音楽も振り付けも、すっかり様変わりしているショーが進んでいく。

女たちが中央に集まり、両手に持っていた白い羽飾りを重ねるようにして震わし、その向こうに、次の登場人物がいることを客たちに知らせる。

音楽が突然止み、白い羽飾りが取り払われると、中からタキシード姿の男が現れた。女たちに押し出されるようにして、男が一歩前に出ると「申し訳ございません」と言った。

途端に客席がどっと沸く。

男の声に、龍成は聞き覚えがあった。

目を凝らし、男の顔を確認した途端、龍成は愕然とする。

神子浩司《かみこひろし》だった。

神子は以前龍成一座にいた手品師だったが、妻の聰子と関係をもったことが発覚して、追い出したのが十年前。

手の中でボールを増やしたり減らしたりといった、小さな手品しかできず、その小柄でやせ気味の体格と相まって、舞台映えのしない手品師だった。

その神子が手品を始めた。

神子が次々に手の中からトランプを出す。それを、小脇に抱えたシルクハットに入れていく。

大量のトランプをシルクハットに入れ終えると、その上で手をぐるぐると回し、呪文をかける動きを見せた。

それからシルクハットをかぶった。

すると中のトランプがどっと落ちる。

一斉に客たちが笑った。

すかさず「申し訳ございません」と神子が言うと、今度はやんやの喝采が巻き起こった。

周りで見守っていた女たちも手伝い、トランプを掻き集めると、再びシルクハットに入れる。

再びシルクハットに呪文をかける仕草をしてから、一か八かといった勢いをつけて、神子がそれを頭にのせた。

今度はトランプは落ちず、神子がほっとしたような表情を浮かべる。

客席からは大きな拍手が起き、舞台上にいる女たちも、胸を撫で下ろすような仕草をしてから、神子に拍手を送った。

龍成は言葉を失う。

これは……これは、なんだ。この一体感はどういうことだ。

龍成は肘掛けを思いっきり摑んだ。

これは手品じゃない。子どもだましの余興だ。こんなもので喜ぶ客たちは、レベルが低すぎる。

そう思う一方で、自信が徐々に崩壊していくのを、踏み止《とど》めることはできなかった。

――上手かった。以前と比べて、神子は上手くなっていた。以前はやっていなかったネタもあった。存在感の薄かった手品師が、今、観客全員を手中に収めている。

こんなもの、すぐにも止めさせてやる。龍成は振り返った。

だが、娘はいなかった。

ったく。どいつもこいつも。

車輪に手をかけ、車椅子を動かそうとするが、動かない。娘が車椅子になにかしたのかもしれない。

誰か――誰かいないのか。

スタッフを探して四方へ視線を巡らせた時、飛び込んできたのは、顔を輝かせている客たちの姿だった。

……………。

強い衝撃を龍成は受ける。

しばらくの間、息をするのを忘れたようになって、客たちに目を注いでいた。

こいつの手品と俺のは違う。だから――こんなくだらないものと、芸術性の高い俺の奇術を比べるなんてのは、意味のないことだ――。

龍成は気が付くと、そう何度も心の中で呟いていた。

やがて、神子の手品はどんどん本格的なものになっていった。

しばらくすると、大きな透明の箱が舞台の中央に運ばれてきた。

その中に入っていく神子を、固唾を呑んで見守る客たち。

派手な音楽が鳴り響き、箱に布が被せられた。箱の周囲には、気遣わしげな表情を浮かべた女たちが集まっている。

そうやって、客の注意を引っ張れるだけ引っ張ったところで、ぴたっと音楽が止み、布が落ちた。

中に神子はいない。

と、「申し訳ございません」という声が背後から聞こえ、客たちが振り返ると、後ろのドアの前に立つ神子にスポットライトが当たった。

たちまち割れんばかりの拍手が起こった。

大興奮の客席にあって、龍成はただ一人、暗い目を神子に向けていた。

終演後、龍成の車椅子は、娘によって舞台端とかぶりつきの間まで運ばれた。

客席に向くよう車椅子をセットすると、娘はすぐに離れていった。

客席には座員たちが勢揃いしていて、龍成が睨みをきかすと、一斉に俯いた。

最前列で足を組む照子が口を開いた。「今週いっぱいで、この小屋は閉めることにしたから。ここは映画館に改築する。もう業者と契約書を交わしたから、座長さんが四の五の言うことはできないよ。それから、皆のこれからについてだけど、それぞれの新生活はもう決まってる。それで、座長さんのこれからなんだけど、二つの選択肢を用意したよ。一つは、私の知り合いがやってる『パリ』っていうスナックがあってさ。本町だけど。そこが雇われ店長を探してるって。そこの雇われ店長になるってのが選択肢。で、もう一つは、聰子さんの昔の知り合いが、男三人のグループで、全国の寄席やキャバレーを回ってるそうだよ。漫談と物真似と……なんだっけ？」

「紙切り」と聰子が口添えした。

「そう、それ」照子が続ける。「そのグループに入れて貰って、手品師としてドサ回りをするか、この二つのどっちかを選ぶんだね。さ、どうする？」

龍成は唇を噛む。

はめやがったな――。

俺が入院しているのをいいことに、話を勝手に進めやがった。神子を呼び寄せて、俺の前で手品をさせたのも、嫌がらせの総仕上げだったか……くそっ。俺から小屋を奪うだけじゃ足りないというのか――。俺の誇りまで粉々にしやがって。

照子が発言した。「ま、これからの人生を、今すぐに決めろってのも酷だからね。明日の朝まで待ってあげることにするよ。それじゃ、今日はこれで解散。そうそう、今夜も皆のお陰で大入りが出た。ありがとうね。はい、お疲れ様」

座員たちが立ち上がり、ぞろぞろと上手側の出口へと向かう。

その列の最後尾にいるのが早紀だと気付いた龍成は、思わず声をかける。「早紀、お前、これからどうするんだ？」

くるりと反転した早紀から出た言葉は「幼馴染と結婚します」というものだった。それだけ言うと、あっという間に身体を戻した。

最新の愛人からの思いがけない返事に、龍成は言葉を失う。

しばらくの時を置いてから、龍成は小屋を眺め始めた。

赤い座席。ミキサールーム。照明の並ぶ天井。

龍成は失ったものを、一つひとつ目に焼き付けていく。

それから思いっきり息を吸い込み、匂いを胸に溜めた。埃っぽい空気と、人いきれの残り香が混じったもので、胸をいっぱいにする。

聰子と青史が龍成に近づいてきて、背後に回り込んだ。

青史が車椅子を押し始めると、龍成は「止めろ」と命じた。

そして並んで座っている照子と娘に向けて、龍成は言った。「俺は奇術師だ。いつかなる時もな。だから、ドサ回りをする方を選ぶ。スナックの雇われ店長なんて、くそくらえだっ」

青史が娘に向けてウインクをしてきた。それから再び龍成の車椅子を動かし始める。この二人に、聰子と佐和子が続いた。

そうして四人が客席を出ていくのを、娘と照子は見送った。

照子が「いい脚本だったよ。完璧だ。やっぱり、あんたに頼んで正解だったね」と、感想を口にした。

娘はなにも答えず、ただ龍成たちが消えた扉へ目を向けていた。

照子が続ける。「それにしても、まさか、あの人がドサ回りをする方を選ぶとはね。皆、雇われ店長の方にするだろうと読んでいたんだよ。この私もさ。だけどあんただけが、百パーセント、ドサ回りをする方を選ぶだろうと言った。なんでわかったんだい？　この結末が」

「業《ごう》」

「……業？」

「そう。どっちの方が楽だとか、お金を貰えるとか、そういうこと、関係ないんだと思う。業のある人にとっては。あの人は手品をしたいという気持ちを、自分ではどうすることもできない。だから、ほかに道はない。業のままに生きるしか」

「へぇ。そうかい。そんなもんかね。やっかいなもんだね、業のある人ってのは」

「うん」

「で、あんたは？　どうするのさ」照子が尋ねてきた。「その年であっという間に結婚して、離婚したけど、次の男が見つかってないんだったら、お母さんと一緒にこっちで暮らすってのが、私は一番のように思うけどね」

「東京へ行く」

「東京へ？　一人でかい？」

「そう。自分の力で。結婚したのは——ここから連れ出すと言われて。ずっとここから出て行きたいと思っていたから、結婚することにしたけど、そんなんじゃ、うまくいきっこなかった。十八歳で出戻りになったわけだけど、端《はな》から、誰かに助けてもらおうなんて考えが甘かった。だから今度は、一人でここを出て行く」

「東京でなにをするんだい?」

「作家になる」

目を丸くした照子が、すぐに愉快そうな表情に変えて言った。「そりゃあ、いい。あんたなら、できる。東京へ行って、夢を叶えて来な」

娘はゆっくりと頷いた。

＊＊＊

3

さすがだね。

ひろ江は舞台上の野毛に向けて、心からの拍手を送った。

左座席にいる結城も、右に座っている明子も、同じ思いで拍手をしているだろうことは、間違いなかった。恐らく、結城の向こうにいる山野も、同じように感動しているに違いない。

野毛が三度目のカーテンコールに応え、深々と頭を下げた。

拍手は鳴りやまず、客席の興奮が収まる気配はない。

『いつもと違う黄金を』の舞台は、みのるが主演していたが、中日の今日は特別公演として、主役の二十年後を野毛が演じることになった。繋がりをすんなりさせるため、第二幕から主役を野毛が演じ、最後の場面の後に、今日だけ付け足された二十年後の話へと続く、特別仕立てだった。

野毛が登場した時、ちゃんと二十五歳の青年だった。繊細で、それでいながら自信たっぷりの魅力的な男が、舞台の上で躍動した。客たちはすっかり魅了され、野毛と一緒に怒り、哀しんだ。野毛が演じる大下は、どんどん追い詰められていくのだが、そうなって初めて人の優しさに気付くあたりの演技は見事で、それは、みのるが普段演じているのより、格段に上手かった。最後の場面の後、二十年後へと移ると、それまでとは打って変わった落ち着いた男が登場した。父親となっている男は、息子に若い頃の自分を重ねる。静かに深く、息子を愛する男を演じるのは、動きがない分、より難しいのではないかと思われたが、野毛はしっかりと魂を入れ、客たちの心を震わせるのに成功していた。

客たちはカーテンコールでの拍手という形を借りて、俳優たちへの評価をはっきりと示した。ほかの役者たちへの拍手と、野毛に対するものでは、明らかに大きさが違ったのだ。その露骨なまでの評価の下し方を、ひろ江は気に入った。

十分ほども続いた拍手はようやく収まり、客席が明るくなった。

ひろ江たちは客席を出て楽屋へ向かう。

楽屋の通路を歩き出すと、ひろ江たちが来たことがどうやってか伝わるようで、次々に役者たちが個室から出てきては、挨拶をしてくる。

そうした一人ひとりに挨拶を返していると、のれんの間からみのるが顔を出した。

と、その時、その一つ奥の部屋から野毛も出てきた。

山野が「いやぁ、素晴らしかった」と興奮冷めやらぬ様子で、みのるの前を横切って野毛に向かった。

ひろ江も山野の後に続く。

山野が手を差し出し、野毛と握手を交わす。

「素晴らしかったです」と繰り返した山野が、「映画の方でも、最初っから最後までいけますね」と確信したように言った。「五十歳の大下を中心に据えましょう。その方が、映画がしっかりと安定しますから。今日の舞台を拝見して、そう確信しました。ま、若い頃の話は、回想シーンをいくつか入れることでオーケーでしょう。それも、野毛さんにやってもらえばいいですから。ぜひともお願いします。大下貴文役は、野毛さん以外演じられる役者なんていません。どうか、大下に命を吹き込んでやってください」

するとみのるが慌てたような顔をした。

ひろ江に近づいてくると、耳元で囁いた。「ちょっと、ひろ江さん。なんとかして。映画も大下役は僕でしょ？　若い時の大下は僕にって、言ってくれてたよね？　ひろ江さんから、はっきりと山野さんに言ってよ」

山野が振り返り、ひろ江に言う。「先生が、こっちの方がいいかもしれないと仰っていた通りでした。大下役は野毛さんにやっていただきましょう。決まりですよね？」

みのるが縋るような目で見つめてくるのを、ひろ江は視界に捉えながら口を開いた。

「さすがだったね、今日の演技は。あんなに凄い演技を見せられちゃ、大下役は、野毛さん以外考えられないね」

「決まりですか？」と山野が確認してきたので、ひろ江は「決まりだね」と答える。

みのるが「でも」と言い出したので、ひろ江は正面から見据えた。

みのるの顔が真っ青になっている。

ひろ江は話し出す。「野毛さんの演技をちゃんと見たのかい？　ちゃんと見たなら、自分と比べて、自分の力のなさに気付くと思うけどね。客の反応だって、はっきりと違っていたじゃないか。野毛さんには、素晴らしかったという感動を表現する拍手を送っていたろ。あんたへのおざなりの拍手と違った、気持ちのこもった拍手をさ。それとも、あれかい？　気付かないふりをする魂胆かい？　冷静になるんだね。あんたは負けたんだよ。実力で負けて、役を取り損ねたんだよ。舞台の上で、役者としての実力の差を、しっかりと客に見られて、恥をさらした上でね。そのことの意味をじっくり考えるんだね」

衝撃を受けたような表情のみのるが、口を開けた。

だが、なにも言わずにその口を閉じた。

その唇が震えているのを、ひろ江はしっかりと見届けた。

ざまぁみろ。明子は、ひろ江とみのるの会話をその隣で耳にし、胸の中で呟いた。実力もないくせに、ひろ江の情を利用して役を取ろうとするからよ。胸がすくとは、こういうことを言うのね。あぁ、すっきりした。

野毛が話し出した。「実は私、カレー作りが趣味でして。今日も皆さんに振る舞おうと、大量に持ってきてるんです。よかったら、私の楽屋で召しあがりませんか？」

山野が喜んだ。「いやぁ、さっきからね、いい匂いがしてるなぁと気になってましてね。

先生、せっかくですから、カレー、お相伴にあずかりませんか？」

「そうだね」とひろ江が答え、歩き出した。

その時ひろ江の横顔に目を留め、明子ははっとする。

とても満足そうな顔をしていた――。

あっ……もしかして、これって、ひろ江が仕組んだ――そういうこと？

突然、ひろ江のお気に入りのトレーナーが頭に浮かんだ。あの毛玉付きのトレーナーで、みのるに会っていたと知った時、違和感があった。以前は、みのると会う時には、ひろ江なりに服装に気を遣っていたからだ。ひろ江の心の中に、ほんの僅かでもみのるへの気持ちが残っていたら、あのトレーナーは着ていなかったように思う。みのるに会っていたのは仕返しのためで、ノックアウトするための布石を敷いていたとしたら――辻褄が合う。

明子は急いでひろ江の後に続いた。

野毛の楽屋は八畳ほどの広さで、今日だけの客演だというのに、贈られたと思われる、たくさんの胡蝶蘭の鉢植えで溢れていた。中央の座卓にはコンロがあり、そこに大きな鍋が置かれている。

明子たちは卓の周りに座り、野毛が用意してくれるのをおとなしく待つ。

山野が野毛と結城に話し掛けたのを潮《しお》に、明子は隣のひろ江に囁いた。

「これが、ひろ江ちゃんの仕返しだったの？」

じっと明子を見つめ返してくるだけで、口を開く気配はなかった。

今一度明子は尋ねた。「これが、考えられる、一番強烈な仕返しだったから？」

「なにが辛いって、自分より実力のある同業者を見た時ほど、辛いものはないんだよ。自分の力のなさを、自覚させられるってことだからね。その人物が人気を得ているのを目の当たりにするのもね。どんなに傲慢なやつでも、ぺしゃんこになる」

明子はひろ江の言葉をじっくりと味わう。

ひろ江が続ける。「敵には、最大級の打撃を与えるよう、厳選した仕返しをするのが、樺山家の伝統だろう？」

明子は思わずほくそ笑みそうになり、そんな自分に呆れてしまう。

「地獄だよ」ひろ江の口調がしんみりしたものになる。「同業者の成功を間近で見せられるっていうのはさ。地獄に落ちて、それじゃ止めますって言える人もいる。だけど、地獄に落とされても、止められないってのもいる。業だよ。業をもってる者は、地獄でもがき苦しんでも、止めることができないんだよ。痛さに血を吐いてもね。それが、みのるだし、私だ。そういう者はじたばたせず、業を抱えて生きていくしかないんだよ」

あぁ……ひろ江は大丈夫だ。明子は確信する。ひろ江はいい作家であり続けるだろう。

しっかりと覚悟が刻まれた、ひろ江の横顔を明子は見つめる。

明子とひろ江の前に、カレーライスの皿が置かれた。

ひろ江が元気よく「いただきます」と言い、スプーンを手にした時、明子は語りかけた。

「役者さんも、作家さんも、大変ね。それから、手品師さんも」

ひろ江がにやりとした。

4

「随分と間抜けな質問をするね」とひろ江が言った途端、応接室の空気が凍り付いた。

明子の隣にいた千絵がため息を吐き、肩を落とした。

部屋の雰囲気を変えようと、明子は皆に声をかける。「ちょっと休憩しましょうか？お持たせの、抹茶ロールケーキをいただきましょうよ。叔母は連日取材が続いていまして、疲れがたまってるんです。こういう時、甘い物はとてもいいと思うんですよ」

新聞社の女性記者と、男性カメラマンが顔を見合わせてから、「それじゃ、いただきましょうか」と小声で言った。

仏頂面のひろ江に皿を渡しながら、明子は話し掛ける。「どういったところから着想を得て、物語を作っていくのかというのは、読者の方たちにとっては、とても興味のあることなのよ。それで、お尋ねになったんだと思うわ」記者に顔を向けた。「以前叔母に尋ねた時には、こう言ってました。アイデアなんてそうそう浮かぶもんじゃない。捻り出すもんだって」

記者が大きく一つ頷き、ノートにメモを取った。

千絵がウインクしてきて、明子に感謝を示してくる。

明子は笑顔を千絵に向けてそれに答えると、立ち上がった。

壁際に置かれたワゴンに向かう明子を、千絵は追った。

コーヒーのセットをしている明子に、千絵は小声で話し掛けた。「明子ちゃん、サンキューね。取材に明子ちゃんが同席してくれると、ホント、助かる」

「連日の取材で、同じこと、聞かれたりするの、叔母にとってはしんどいようなんです。それでつい、いつもだったらなんとか我慢できる質問にも、あんな感じに。でも、昔と比べたら随分と丸くなりましたから。全然安心して同席できてますよ、私は」と小声で返してきた。

「丸くなってるかなぁ」首を傾げる。「私には、全然そうは思えないけど」

千絵は身体を回して、ソファに座っているひろ江を眺める。

千絵は念願叶って、去年の春に文芸の編集部に異動になった。内示があったその日にこの屋敷を訪れ、ひろ江に執筆依頼をした。ひろ江が書き上げた小説は、去年の秋に発売されヒットした。ひろ江の作家キャリア三十年目という節目に相応しい作品だと好評を得て、先月の三月には大きな文学賞を受賞するに至った。それは、編集者冥利に尽きる出来事だった。担当の作家の作品がセールス上でも成功し、内容も評価されたのだから。ひろ江の才能を信じてはいたが、正直、ここまで成功すると本気で予想していたかといえば、それは嘘になる。

だが――。

ひろ江の作品からひろ江らしさが消えて、作家としての将来を危ぶんだ時期もあった。

千絵は隣の明子に目を向けた。この明子が、ひろ江の気持ちを理解できているのかと疑ったこともあったっけ。そんな心配はいらなかったのよね、この二人には。明子は立派と言えるほどのサポートを続け、ひろ江を大作家に押し上げたのだから。今じゃ、長年連れ添った夫婦のような味わいが、二人から醸し出されているぐらいだし。

明子がコーヒーメーカーのスイッチを入れた。

千絵はひろ江がロールケーキを黙々と食べているのに目をやってから、呟いた。「私もロールケーキ、いただいちゃおうかなぁ」

「どうぞどうぞ。遠慮なんてしないでくださいね」

「どうしよっかなぁ。ダイエット中なのよ、私。この家にお邪魔してると、美味しいものばっかり出てくるでしょ。それで、太っちゃったのよ。この責任、どう取ってくれるの？」と、ふざけて絡んだ。

「また。千絵さんは、全然太ってませんよ。あと二、三キロ太った方がいいぐらいです」

「またぁ。明子ちゃんはそうやって、私を甘やかすんだから。んー、でも、やっぱり食べたい。いただいちゃおっと」


席に戻っていく千絵を、明子は微笑みながら見送る。千絵は一年中ダイエットをしているのではないかと思う時がある。タイトルとして常に掲げているだけで、本気でダイエットに取り組んではいないのかもしれないが。

明子はぽたぽたと落ちるドリップコーヒーから、左の書棚へ目を移した。ひろ江が発表した、すべての作品が並んでいる。単行本が四十二冊、文庫が四十冊、海外で出版されたものが二十冊。この書棚に並ぶひろ江の本を眺めるのが、明子はなによりも好きだった。何時間でも書棚の前にいられるぐらいに。

一冊を手に取り、ぱらぱらとページを捲れば、様々なことが蘇る。この三行目の文章は、ひろ江が何度も何度も直したところ。このページのここは、一度段落ごとカットしたが、再校の時になって丸々元に戻したところ――といったことが。それは、明子だけが知っていること。そのちょっとした優越感が、明子の心を躍らせるのだ。

千絵の携帯に電話が入り、小声で話す口元を自身の手で覆った。すぐにその格好のまま部屋を出て行った。

明子がガラスポットを手に皆のところに戻ると、記者は庭を眺めながらロールケーキを食べていた。食べたいからというよりは、そうしていれば、ひろ江の機嫌をこれ以上損ねないと判断してのように思えた。

明子は皆のカップにコーヒーを注ぎ足していき、最後にひろ江の、紫色の花の絵が付いたマグカップに入れる。それからオットマンに伏せ置いていた書類を持ち上げ、空いたそこに座った。

千絵から貰ったその書類をチェックする。今日の取材予定と、今週の取材予定が書かれた表を確認し、一枚捲った。やはり千絵が作ってくれた、ひろ江のプロフィールのページを捲り、手を止めた。そこには、ひろ江が今回取った賞の、過去の受賞作家と受賞作品名が並んでいた。

思わず出そうになったため息を、なんとか堪える。

文芸界の中でとても大きな賞ではあったが、それを取ったからといって、なにかが保証されるわけではないことが、そのリストで一目瞭然だった。載っている作家のうち三分の一ぐらいは、ここ数年新作を発表していない、すでに過去の人の区分に入れられている作家たちだった。この現実は、改めて作家の道の険しさを思い知らせてくれる。

リストの中央付近に、咲子の名前を発見した。そうだった——。この賞を取った咲子に、嫉妬した時があった。広告スペースの、ひろ江と咲子の名前の大きさを定規で測って比べたことも。いつからだったろうか。咲子をライバル視するのを止めたのは。ひろ江がいい作家であり続けると、確信した日からだったろうか。今ではたまに、テレビで咲子を見かけることはあっても、その著作を書店で見ることはなくなっていた。もはや文芸評論家の中に、ひろ江と咲子を比べて論じるような人もいない。あんなに、その動向が気になる存在だったのだが。

書類から顔を上げた。

ちょうどひろ江が最後のひと口を頬張るところだった。ひろ江の頬がぷっくりと膨らんでいる。

千絵によれば、削げ落とされたような頬が、怖そうな第一印象を与えるし、白髪も凄みを増して見せるという。

そうだろうか。明子はそうは思わない。ちゃんと年を重ねてきたひろ江は、時に美しいとさえ思う。その白髪も格好いいと。

ずっと昔、まだ八割程度が白髪だった頃、髪染めを手伝おうかとひろ江に声を掛けたことがあった。しかしひろ江は、そういうのはもういいよと言った。今ではすべての髪が白い。そして、今の方が何倍も素敵に見える。生き様をしっかりと刻んだその顔を、若い人たちに見せつけて欲しいぐらいの気持ちだった。

記者の声が聞こえてきた。

「それでは、次の質問をさせていただきますが、よろしいでしょうか？　ありがとうございます。今回の作品は、書き溜めていたメモをモチーフにして、新たに書き直した作品だと伺っていますが、そうでしょうか？」

「そう」ひろ江が答える。

「メモを頻繁に取られるんですか？」

「そう」

「どういった時に、メモを取られるんですか？」

「メモを取ろうと思った時。こういうくだらない質問が、まだ続くのかい？」

明子は口を挟んだ。「メモというのがどういう程度のものなのか、知りたいと思われたんじゃないでしょうか？」

記者が大きく頷くのを確認して、明子は続けた。

「画家の方がするデッサンというのは、たとえば一輪の花を正確に写し取る練習だと思うんですけれど、叔母はそれをメモと呼んでいます。いつも持ち歩いている小さなノートに、書き溜めています。これとは別に習作もするんですよ。絵にも習作という言葉がありますね。練習のために書く絵でしょうか。これと同じように、小説の練習を習作と言っていますが、さらに、下書きと呼ばれる作業も含まれています。私はメモを見せて貰ったことはないのですけれど、叔母によれば、習作と同じで長さは様々で、一シーンだけの時もありますし、短編程度の長さのものを書く時もあるそうです。たとえば、七人の登場人物のキャラクターを原稿用紙一枚の中で、書き分けるにはといったテーマを掲げて書き出したり、思いついたセリフを言わせるために、相応しい設定を用意して書き始めたりするそうです。私から申し上げておきたいのは、叔母は努力の人だということです。すらすらと書いているように思われるかもしれませんけれど、実際は何度も推敲を重ねて、文章の質を上げる努力をしますし、常にメモを取って、アイデアを広げる努力も欠かしません。それに、ちょっとした時間があれば、習作をして、筆力を上げる努力も続けています。ちょっと態度がふてぶてしいので、誤解されることも多いんですけれど。叔母は誰よりも努力をしてきた人なんです」

ひろ江が真っ直ぐ明子を見てきた。

明子は黙って見つめ返す。

そういう努力をするところが好きなのよ、と明子は心の中で宣言する。

記者が次の質問を口にした。「三十年のキャリアの中で、ご自身のご家族のことや、お父様のことをモデルにしたと思われるような作品は、今回が初めてだと思うんです。以前インタビューで、自分が経験したことしか書けないようなのは、作家じゃないといった趣旨の発言をされていたと記憶しているのですが、今回その発言を覆して、どうして、ご自身のご家族をモデルにしたような作品を書かれたんですか?」

「誰が、これを私の家族の話だと言ったんだい?」とひろ江が尋ね返した。

「えっと……名前が、登場人物の名前が、実際のご家族の名前を使っていらっしゃるし、先生と思われる女流作家が登場しますし。それで、自伝か、半自伝的なものに挑戦されたのかと」

「どう読むかは読者の勝手だから、文句は言わないけどさ。小説っていうのは、昔々あるところにで始まる、作り話なんだよ。それを、これは、あなたのお父さんですよね、こっちは、お母さんですよねと指摘して、なにが楽しいんだい？　あんた、小説の楽しみ方ってのを知らないようだね。そんなんで、作家のインタビュー記事が書けるのかい？　これじゃ、明子に薬を買ってくるよう頼まなくちゃならなくなるよ」

「薬？」

明子はひろ江に目だけで黙ってと伝え、「こっちの話なんで、どうぞ、お気になさらずに」と告げた。

まったく。もう少し愛想良くしてくれたらいいのにと、明子は苦笑する。

記者が自身の手元を見下ろした。そうしてしばらく考えるような様子を見せた後、すっとその顔を上げた。

「仰る通りです。小説を事実と照らし合わせることより、物語にただ浸るという方が何倍も面白いでしょうし、それが小説を楽しむっていうことなんですよね」

その時千絵が戻ってきて、明子の横のオットマンに腰掛けた。

場の雰囲気に気まずさを感じ取ったらしい千絵が「なに？　私の出番だった？」ときょろきょろしながら尋ねてきた。

明子は千絵に説明する。「この小説を、自伝的な作品と思われていたそうなの」

「あぁ」千絵が記者に向く。「その質問ね。全員から出ます。それ、私のせいでもあるんで、私から説明させていただきますけど、これ、フィクションなんですよ。私が先生に執筆をお願いした時、なんでもいいから、先生が書きたいものを誰にも遠慮することなく、全身全霊で書いてくださいって言いました。そうだねぇ、どんなのがいいかねぇって、先生が仰ったので、以前に明子ちゃんから、ちらっと奇術師のお父様のことや、一座の人たちと暮らしていた頃の話を聞いていたもんですから、そこら辺小説にしたら面白そうですよねと、私、言いました。そうしたら、それだと、嘘の話を書いても、本当の話だと勘違いするバカがいるよって――えっと、失礼、一般論です。あなたのことじゃなく。それで、それも面白いじゃないですかって、私、言ったんです。勘違いされようが、されまいが、そんなことはほっぽっといて、樺山ひろ江の好きなように物語を作っちゃってくださいって。そうして生まれたのがこの作品で、案の定自伝だとか、半自伝的だとかって言われますね、はい。先生は、ほら、こういうメンドーなことになっちまったじゃないかって、仰るんだけど、私はですね、もうそんなことどうでもよくて、小説として楽しんでる人もたくさんいますからってお話ししてるんですよ。これ、面白かったでしょ？　単純に小説として」

「はい」しっかりと記者が返事をした。

当たり前だと言わんばかりに千絵が頷く。「奇術師としてしか生きられなかった龍成の生き方だって、その遺品を整理しながら、あっぱれだったなって思う娘の生き様なんかだって、泣けますよね。だからね、小説なんだけど、自伝的だと思う人は、勝手にそう読んだって構わない、いろんな味わい方のある小説なんですってお話ししてます」

「わかりました」と記者が言った。

ひろ江がこの『共振』を書いている時、登場人物の中の一人、明子という作家の姪っ子を、私は好きだわと言ったことがあった。

その時ひろ江は、原稿用紙に向かったまま「私もだよ」と言った。

そして「明子という姪っ子がいなけりゃ、この作家はただのろくでなしだからね」と続けた。「作品ができる度に、この作家は、半分は姪っ子のお陰だと感謝してるんだよ。言わないけどね」

それで明子は「明子は言われなくても、そういう作家の気持ち、ちゃんとわかってるわよ、きっと」と告げた。

その時のひろ江の横顔を、明子は生涯忘れないだろう。

照れたような、ほっとしたような顔を――。

今はどんな顔をしているだろうかと、ひろ江に目を向けた。

明子の視線に気付いたひろ江が、にやりとした。

明子も笑い返す。

私たちの物語はまだまだ続くと、明子は確信した。

解説

東《あづま》えりか
（書評家）

小説家ほど「業《ごう》」という言葉がふさわしい商売はない。誰も書いてくれとは頼んでいないし、小説を読んでお腹がいっぱいになるわけでも、窮地を救ってくれるわけでもない。小説家は非力だ。社会に適合できず、自分の世界だけに生きている人もいる。食べることにも着ることにも、寝ることにだって無頓着で、日がな一日原稿用紙かパソコンに向かって呻吟《しんぎん》し、一つずつ言葉を紡《つむ》いでいる。

「餓《う》えた子供の前で文学は何をできるのか」と問うた哲学者もいたように、小説そのものは無力である。それなのに、なぜはるか昔から小説家は存在しているのか。どうして書きたいという欲求を止められないのか。読者に読んでほしいと欲するのか。これは永遠に解決できない命題なのかもしれない。

『我慢ならない女』の主人公、樺山《かばやま》ひろ江《え》もそんな「業」にとり憑《つ》かれたひとりである。

本書はひろ江の作家としての歴史を辿《たど》る物語だ。デビューから30年の紆余曲折《うよきよくせつ》は著者の桂望実自らの経験が投影されているのかもしれない。苦しみまくって、うんうん唸《うな》って書いているのか、それとも天から言葉が下りてきて、自動書記のようにいつのまにか物語ができてしまう人なのか。著者自身がどんなふうに小説を書いているかを想像してみるのも楽しい。

さて小説家、桂望実を少しだけ解剖してみよう。デビュー作『死日記』が上梓《じょうし》されてから13年が経ち、著作は19冊。多作とは言えないが、決して寡作な作家というわけではない。映画やテレビドラマ化もされた作品が何本もある。特に織田裕二主演映画の『県庁の星』はかなりのヒット作となり、漫画化もされた。2016年夏には女性弁護士と女性詐欺師のバトル小説『嫌《イヤ》な女』が映画化、公開される。一作ごとに新たな境地を切り拓《ひら》いていくキャリアと実績、そして人気を兼ね備えた作家のひとりである。

ちなみに書評家である私が雑誌や新聞、その他の媒体で紹介した桂望実の小説は6冊あった。仕事の多くはノンフィクションの書評なので、一人の作家の作品でこの数は少なくないと思う。理由は簡単、私は桂望実のファンである。多分ほとんどの作品は読んでいるはずだ。

『我慢ならない女』は2014年3月に上梓されている。好きな作家については、深く考えずに目に付いたらまず買う。帯のあらすじもろくに見ずに、本を開き読みはじめた。すぐに「しまった」と思った。「まずい、よく知っている世界の話だ」と。裏話を知りすぎていると小説を楽しめない場合が往々にしてあるのを経験値として知っているからだ。

この小説のもう一人の主人公はひろ江の姪で秘書役の明子《あきこ》。ひろ江に憧れ、彼女に献身的に尽くしていく。

私も22年間小説家の秘書をしていた。本書でいうと明子のような立場になる。だが、明子のように献身的に尽くしたというわけではなく、ドライすぎるほどドライに割り切って働いていたのだが。

時代もとても似ている。１９８０年代はじめは新人作家の豊作時代だった。私のボス、北方謙三氏もハードボイルドというジャンルでは「新進気鋭の旗手」と呼ばれていた。だが人気がうなぎのぼりになって、ひとりでは仕事が回らなくなってしまったのだ。人から紹介されて面接を受け、私は運よく秘書の仕事にありついた。

それからボスは5年ごと、10年ごと、と新しい分野に進出し大きな賞も得て、いまでは押しも押されもせぬ大作家となっている。だがその過程は決して容易《たやす》いものではなかったと聞いている。学生時代に純文学の雑誌で華やかにデビューしたのち、10年間はボツを食らい続け、習作を書き続けたからこそ、今の地位があるのだろう。

樺山ひろ江のデビューも１９８０年。しばらくは中華料理屋のアルバイトで糊口《ここう》をしのぎ、ボツ原稿を食らう日々を送っていた。奥歯をかみ砕くほど食いしばって書いても、雑誌には載らない。その悔しさや悲しさは、その当時の作家はみんな経験していると思う。原稿用紙に一字ずつ文字を埋めていくのが当たり前の時代。作家のイメージのひとつに「原稿用紙をくしゃくしゃにしてポイッ」というのがあるが、そんな書き損じの紙さえ惜しく、裏側にもう一度書き直したり、真っ黒になるまでペンを入れ続けたりしていたのだ。

1980年前後にデビューし、今でも活躍しているひろ江と同期の作家を調べてみよう。'79年にデビューしたのは村上春樹、大沢在昌、船戸与一、佐々木譲、椎名誠。'80年には逢坂剛や髙樹のぶ子、田中康夫の『なんとなく、クリスタル』がベストセラーになったのもこの年だ。'81年には北方謙三、志水辰夫とそうそうたる面子《メンツ》である。

新人賞がたくさんあった時代ではない。また、今のように新人作家を大事にしてくれたわけでもない。目の利く編集者はひとにぎりで、あとは人気作家の原稿を取ろうとする者ばかり。作家予備軍は踏まれても蹴《け》られても、無視されても書き続け、ようやく認められた人だけがプロと認められ30年後に残っている。

小説を書くには才能が必要なのだ。努力だけではどうにもならない世界である。野球やサッカーの選手、あるいは画家や彫刻家、歌手などと同じように、素質に恵まれそれを磨く弛《たゆ》まない努力が必須条件。そこに運が加わらなければ、決して世の中に出ることなどない。時としてそれは常識的な人間と反することにもなるだろう。作品は好きでも本人に会うと落胆してしまうことも少なくない。

愛想というものが皆無で編集者にも辛辣《しんらつ》な言葉を吐くひろ江は誰からも愛されるキャラクターではない。そのせいもあってか、ひろ江の小説は編集者によってボツにされ続けている。食費を切り詰め、書く時間を捻出し、命懸けで物語を書き続ける姿に感動した姪の明子は、やがて秘書のような立場となりひろ江を支えるかけがえのない存在になった。

出会いは運であり、運を呼び寄せるのもまた才能の一つである。理解ある伴走者があってこそ力は活《い》かされる。

「頑張れば夢が叶《かな》う」なんて嘘だ。ひろ江がただがむしゃらに書き続けて成功を得たわけではないのは、物語に埋め込まれたもうひとつの物語が語ってくれる。

これが上手《うま》い。最後まで読み終わると、もう一度その部分だけ抜き出して読まずにはいられなくなる。書きたいという欲、書かなければならないという使命、書かずにはいられないという本能。それらを具《そな》えたうえで、上質の物語を紡いでいける冷徹な構成力や、納得がいくまで書き直すという持久力。ひろ江の小説家としての力を読者にわからせるためには、それ以上の能力を持たない作家にはできるはずがないではないか。桂望実はそれをやってのけた。それも書下ろし小説という、作家としては一番厳しい条件下で。

本書に関する著者インタビュー（「ダ・ヴィンチ」2014／5）ではこう語っている。

この小説のアイデアは、美術館で出会ったトマス・エイキンズという画家の『ミス・アメリア・ヴァン・ビューレン』という絵を見た時に湧き上がったという。すごく不機嫌そうに横を向いた白髪交じりの険しい顔をした女性がたまらなく魅力的に見えて、書きたいなと思ったそうだ。

こういう女なら、辛辣な言葉遣いをするだろうが、実はこまやかな心遣いができて、自分に自信がないから虚勢を張って……、と人物造形はどんどん広がっていっただろう。子供の頃はどうだったのか、生きてきた環境は過酷だったのか。明子のことをどう思っていたのか。一枚の絵から得たモチーフがどんどん繫《つな》がってやがて大きなうねりとなった。その物語に身をゆだねているのは心地いい。

もうひとつ、桂望実がこの小説でやりたかったことがあった。

——昭和を舞台にした理由のひとつはバブルを体験させたかったから。浮き沈みをくっきり描きたかったんです——（前出）

どん底から摑《つか》んだ栄光、そしてスランプ。恋愛も素直には受け入れられず、人気の度合いで人の対応が違う。当たり前のことのようだが、あからさまな手のひら返しの仕打ちにあうとどんなに強がっていようと凹《へこ》む。そこから立ち直るには、何が必要だったのか。

私がこの30年あまりに出会い、成功も失敗も見てきた作家たちと、ひろ江はあまりにもダブる。長い下積みを経てブレイクした作家には惜しみなく拍手を送りたいし、どんなに努力をしても潰れていく作家は仕方がないと思う。昔に較べて出版のサイクルが速いからデビューして1年の間に次の作品が書けなければ、作家として残る可能性は限りなく低い。

いま、「小説家になりたい」人は確実に増えている。各出版社が企画する新人賞の募集には、想像もしないほどの人数が応募してくる。一説によると200以上の賞が存在しているらしい。毎年それだけの新人作家が誕生し、残念なことにその多くは消えていく。結局30年後に生き残る作家の人数は、昔と変わらないのではないだろうか。

ここ数年、桂望実の書く物語は身近な問題からSF的な世界までさらに広がりを見せている。ひろ江の作家人生に較べれば、桂望実の道はまだ半ば。まだまだ大きな可能性を秘めている。次はどんな物語を読ませてくれるのか、桂望実の今後を見つめていきたい。

二〇一四年三月　光文社刊

本文中に「私生児」という差別につながる表現がありますが、当時の時代背景を考慮したためであり、差別を助長するような意図は一切ありません。ご理解をお願いいたします。（著者・編集部）

光文社文庫

我慢《がまん》ならない女《おんな》

著者　桂《かつら》　望《のぞ》実《み》

2016年6月20日　初版1刷発行

発行者　鈴木広和
印刷　萩原印刷
製本　ナショナル製本

発行所　株式会社　光文社
〒112-8011　東京都文京区音羽1-16-6
電話（03）5395-8149　編集部
8116　書籍販売部
8125　業務部

ISBN978-4-334-77300-7　Printed in Japan

組版　萩原印刷

お願い　光文社文庫をお読みになって、いかがでございましたか。「読後の感想」を編集部あてに、ぜひお送りください。

　このほか光文社文庫では、どんな本をお読みになりましたか。これから、どういう本をご希望ですか。どの本も、誤植がないようつとめていますが、もしお気づきの点がございましたら、お教えください。ご職業、ご年齢などもお書きそえいただければ幸いです。当社の規定により本来の目的以外に使用せず、大切に扱わせていただきます。

光文社文庫編集部